TOVE
DITLEVSEN

KINDHEIT

atb aufbau taschenbuch

TOVE DITLEVSEN (1917–1976), geboren in Kopenhagen, galt lange Zeit als Schriftstellerin, die nicht in die literarischen Kreise ihrer Zeit passte. Sie stammte aus der Arbeiterklasse und schrieb offen über die Höhen und Tiefen ihres Lebens. Heute gilt sie als eine der großen literarischen Stimmen Dänemarks und Vorläuferin von Autorinnen wie Annie Ernaux und Rachel Cusk. Die »Kopenhagen-Trilogie« mit den drei Bänden »Kindheit«, »Jugend« und »Abhängigkeit« ist ihr zentrales Werk, in dem sie das Porträt einer Frau schafft, die entschieden darauf besteht, ihr Leben nach den eigenen Vorstellungen zu leben. Die »Kopenhagen-Trilogie« erscheint in über dreißig Sprachen und wird international als große literarische Wiederentdeckung gefeiert.

URSEL ALLENSTEIN, 1978 geboren, studierte Skandinavistik und Germanistik in Frankfurt und Kopenhagen. Sie ist Übersetzerin aus dem Dänischen, Schwedischen und Norwegischen von u. a. Christina Hesselholdt, Sara Stridsberg und Johan Harstad. Für ihre Übersetzungen wurde sie vielfach ausgezeichnet, zuletzt mit dem Jane-Scatcherd-Preis der Ledig-Rowohlt-Stiftung.

In »Kindheit« erzählt Tove Ditlevsen vom Aufwachsen im Kopenhagen der 1920er Jahre in einfachen Verhältnissen. Tove passt dort nicht hinein, ihre Kindheit scheint wie für ein anderes Mädchen gemacht. Die Mutter ist unnahbar, der Vater verliert seine Arbeit als Heizer. Sonntags muss Tove für die Familie Gebäck holen gehen, so viel, wie in ihre Tasche hineinpasst, und das ist alles, was es zu essen gibt. Zusammen mit ihrer Freundin, der wilden, rothaarigen Ruth, entdeckt Tove die Stadt. Sie zeigt ihr, wo die Prostituierten stehen, und geht mit ihr stehlen. Aber eigentlich interessiert sich Tove für die Welt der Bücher und hat den brennenden Wunsch, Schriftstellerin zu werden – und dafür ist sie bereit, das Leben, wie es für sie vorgezeichnet scheint, hinter sich zu lassen.

TOVE
DITLEVSEN

KINDHEIT

Erster Teil
der Kopenhagen-Trilogie

Aus dem Dänischen
und mit einem Nachwort
von Ursel Allenstein

atb aufbau taschenbuch

Die Originalausgabe unter dem Titel
Barndom
erschien 1967 bei Gyldendal, Kopenhagen.

Die Übersetzerin dankt dem Deutschen Übersetzerfonds
für die Unterstützug ihrer Arbeit.

Der Verlag dankt der Danish Arts Foundation.

Danish Arts Foundation

MIX
Papier | Fördert gute Waldnutzung
FSC® C083411
FSC www.fsc.org

ISBN 978-3-7466-3992-5

Aufbau Taschenbuch ist eine Marke der
Aufbau Verlage GmbH & Co. KG

2. Auflage 2024
Vollständige Taschenbuchausgabe

www.aufbau-verlage.de
10969 Berlin, Prinzenstraße 85
Die deutsche Erstausgabe erschien 2021 bei Aufbau,
einer Marke der Aufbau Verlage GmbH & Co. KG

Umschlaggestaltung Anzinger und Rasp, München
unter Verwendung eines Motivs von © Katrien De Blauwer
Gesetzt aus der Garamond durch Greiner & Reichel, Köln
Druck und Binden CPI books GmbH, Leck, Germany

Printed in Germany

EINS

Am Morgen war die Hoffnung da. Sie saß als flüchtiger Schimmer im glatten, schwarzen Haar meiner Mutter, das ich nie zu berühren wagte, und sie lag mir auf der Zunge wie der Zucker im lauwarmen Haferbrei, den ich langsam verspeiste, während ich ihre schmalen, gefalteten Hände betrachtete, die reglos auf den Zeitungsberichten über die Spanische Grippe und den Versailler Vertrag ruhten. Mein Vater ging arbeiten, mein Bruder in die Schule. Also war meine Mutter allein, obwohl auch ich da war, und wenn ich mich nicht rührte und nichts sagte, konnte die ferne Ruhe in ihrem seltsamen Herzen andauern, bis der Vormittag alt wurde und sie auf die Istedgade zum Einkaufen gehen musste wie die gewöhnlichen Hausfrauen.

Die Sonne brach hinter dem grünen Zirkuswagen hervor, als strahlte sie aus seinem Inneren, und Krätze-Hans trat mit freiem Oberkörper und einer Waschschüssel in der Hand ins Freie. Nachdem er sich mit dem Wasser übergossen hatte, streckte er sich nach dem Handtuch, das ihm Schön-Lili reichte. Sie sprachen kein Wort miteinander, sondern waren wie Bilder in einem Buch, in dem man sehr schnell blättert. Wie auch meine Mutter würden sie sich in wenigen Stunden verändern. Krätze-Hans war bei der Heilsarmee, Schön-Lili seine Liebste. Im Sommer pferchten sie einen Haufen Kinder in den grünen Wagen und fuhren mit ihnen aufs Land.

Dafür zahlten die Eltern eine Krone am Tag. Ich hatte selbst einmal an einem solchen Ausflug teilgenommen, als ich drei gewesen war und mein Bruder sieben. Jetzt, mit fünf Jahren, war meine einzige Erinnerung daran, wie Schön-Lili mich aus dem Wagen gehoben und in den warmen Sand gesetzt hatte, in etwas, das ich für eine Wüste hielt. Dann entfernte sich der grüne Wagen von mir und wurde kleiner und kleiner, und darin saß mein Bruder, und ich würde weder ihn noch meine Mutter je wiedersehen. Wenn die Kinder anschließend wieder nach Hause zurückkehrten, hatten sie alle die Krätze. Daher der Name Krätze-Hans. Schön-Lili war dagegen nicht schön. Schön war meine Mutter an diesen seltsamen und glücklichen Vormittagen, an denen ich sie vollkommen in Frieden lassen sollte. Schön, unantastbar, einsam und voller geheimer Gedanken, die ich nie erfahren würde. Auf der geblümten Tapete in ihrem Rücken, die mein Vater an einigen Stellen mit braunem Klebeband geflickt hatte, hing ein Bild von einer Frau, die aus dem Fenster starrte. Auf dem Boden hinter ihr stand eine Wiege mit einem kleinen Kind darin. Unter dem Bild war zu lesen: »Frau erwartet ihren Mann von der See zurück.« Manchmal entdeckte meine Mutter mich plötzlich und folgte meinem Blick zu dem Bild, das ich so zart und traurig fand. Sie aber brach in Gelächter aus, und es klang, als würden viele mit Luft gefüllte Papiertüten auf einmal zum Knallen gebracht. Mein Herz hämmerte vor Angst und Kummer, weil die Stille der Welt jetzt gebrochen war, aber ich lachte mit, denn ich wurde von derselben grausamen Fröhlichkeit gepackt wie sie. Sie stieß ihren Stuhl zurück, erhob sich und stellte sich in ihrem zerknitterten Nachthemd, die Hände in die Hüften gestemmt, vor das Bild. Und mit einer klaren und trotzigen

Mädchenstimme, die nicht auf dieselbe Weise zu ihr gehörte wie ihre spätere Stimme, wenn sie anfing, mit den Verkäufern um die Preise zu feilschen, sang sie:

Darf ich kein Wiegenliedchen singen?
Ich lull' doch nur klein Tulle ein.
Lulle leise lulle leise lulle leise:
Geh weg vom Fenster, Liebster,
komm in einer anderen Nacht.
Die Kälte und der Frost, die haben
den alten Mistkerl heimgebracht.

Ich mochte das Lied nicht, musste aber trotzdem laut lachen, da meine Mutter es zu meiner Unterhaltung sang. Doch ich war selbst schuld, denn hätte ich mir das Bild nicht angesehen, wäre ich ihr gar nicht aufgefallen. Dann wäre sie auf ihrem Stuhl sitzen geblieben, die Hände ruhig gefaltet und die strengen schönen Augen auf ein Niemandsland zwischen uns gerichtet. Und mein Herz hätte noch lange »Mutter« flüstern können und gewusst, dass sie es auf geheimnisvolle Weise erfasste. Ich hätte sie noch lange allein lassen sollen, dann hätte sie stumm meinen Namen gesagt und gewusst, dass wir miteinander verbunden waren. Dann hätte etwas, das an Liebe erinnerte, die Welt erfüllt, und Krätze-Hans und Schön-Lili hätten es auch bemerkt und wären weiterhin bunte Bilder in einem Buch geblieben. Jetzt fingen sie stattdessen kurz nach dem Ende des Liedes an, sich zu streiten. Bald darauf drangen auch aus dem Treppenhaus erzürnte Stimmen in unser Wohnzimmer hinauf, und ich schwor mir, am nächsten Tag so zu tun, als gäbe es das traurige Bild an der Wand gar nicht.

Wenn die Hoffnung derart zerschmettert war, zog sich meine Mutter mit heftigen und gereizten Bewegungen an, als wäre jedes Kleidungsstück eine Beleidigung für sie. Auch ich musste mich anziehen, und die Welt war kalt, gefährlich und unheimlich, weil der dunkle Zorn meiner Mutter immer dazu führte, dass sie mich ins Gesicht schlug oder gegen den Kachelofen stieß. Sie war fremd und geheimnisvoll, und ich stellte mir vor, ich sei als Säugling vertauscht worden, und sie wäre gar nicht meine Mutter. Nachdem sie sich angezogen hatte, trat sie vor den Spiegel im Schlafzimmer, spuckte auf ein Stück rosafarbenes Seidenpapier und rieb es fest über ihre Wangen. Ich trug die Tassen in die Küche, und in meinem Inneren krochen lange, merkwürdige Wörter hervor und legten sich wie eine Schutzhülle über meine Seele. Ein Lied, ein Gedicht, etwas Linderndes, Rhythmisches und unendlich Melancholisches, das jedoch nie so leidvoll und traurig war, wie es der Rest meines Tages unweigerlich sein würde. Wenn mich diese hellen Wogen von Wörtern durchströmten, wusste ich, dass meine Mutter mir nichts mehr anhaben konnte, denn in diesem Moment hörte sie auf, für mich von Bedeutung zu sein. Meine Mutter wusste es auch, und ihre Augen wurden von einer kalten Feindseligkeit erfüllt. Sie schlug mich nie, wenn meine Seele derart bewegt war, aber sie sprach auch nicht mit mir. Von nun an und bis zum nächsten Morgen waren sich nur unsere Körper nah. Und trotz der Enge mieden sie jede noch so leichte Berührung. Die Seemannsbraut an der Wand hielt weiter sehnsuchtsvoll nach ihrem Mann Ausschau, aber meine Mutter und ich brauchten keine Männer oder Jungen in unserer Welt. Unser unergründliches und ungeheuer zerbrechliches Glück gedieh nur, wenn wir miteinander allein waren, und seit ich aufgehört hatte, ein kleines Kind zu sein, kehrte es nie richtig zurück, abgesehen von seltenen, zufällig aufblitzenden Momenten, die mir jedoch sehr wertvoll geworden sind, jetzt, da meine Mutter tot ist und es niemanden mehr gibt, der ihre Geschichte erzählen könnte, wie sie wirklich war.

ZWEI

Auf dem Grund meiner Kindheit steht mein Vater und lacht. Er ist so alt und schwarz wie unser Kachelofen, aber nichts an ihm macht mir Angst. Sämtliche Dinge, die ich über ihn weiß, darf ich wissen, und wenn ich mehr wissen will, brauche ich nur zu fragen. Er spricht nicht von sich aus mit mir, weil er nicht weiß, was er mit kleinen Mädchen reden soll. Hin und wieder tätschelt er mir den Kopf und sagt: »Hehe«. Dann presst meine Mutter die Lippen zusammen, und er zieht die Hand hastig wieder zurück. Mein Vater hat gewisse Rechte, weil er ein Mann ist und uns alle versorgt. Damit muss sich meine Mutter wohl oder übel abfinden, allerdings tut sie es nicht ohne Protest. »Du könntest dich ruhig hinsetzen wie wir anderen auch«, bemerkt sie, wenn er sich aufs Sofa legt. Und wenn er ein Buch liest, sagt sie: »Vom Lesen wird man wunderlich. Alles, was in Büchern steht, ist gelogen.« Sonntags trinkt mein Vater ein Bier, und meine Mutter schimpft: »Das kostet 26 Öre. Wenn du so weitermachst, enden wir noch in Sundholm.« Obwohl ich weiß, dass Sundholm ein Ort ist, wo man auf Stroh schläft und dreimal täglich Salzheringe vorgesetzt bekommt, findet das Wort seinen Weg in die Verse, die ich mir ausdenke, wenn ich ängstlich oder einsam bin, weil es so schön ist wie das Bild aus einem Buch meines Vaters, das ich sehr mag. Es heißt: »Arbeiterfamilie beim Waldspaziergang« und zeigt einen Vater, eine Mutter und deren beiden Kinder.

Sie sitzen im grünen Gras und lachen gemeinsam, während sie den Proviant verspeisen, der zwischen ihnen liegt. Alle vier sehen zu einer Flagge auf, die neben dem Kopf des Vaters im Gras steckt. Die Flagge ist tiefrot. Ich sehe das Bild immer auf dem Kopf, weil ich die Gelegenheit nur habe, wenn mein Vater das Buch liest. Dann schaltet meine Mutter das Licht ein und zieht die gelben Gardinen vor die Fenster, obwohl es noch gar nicht dunkel ist. »Mein Vater war ein Schuft und Säufer«, sagt sie, »aber immerhin kein Sozialist.« Mein Vater liest unbekümmert weiter, weil er ein bisschen schlecht hört, auch das ist kein Geheimnis. Mein Bruder Edvin ist damit beschäftigt, Nägel in ein Brett zu hämmern, die er anschließend mit der Kneifzange wieder herauszieht. Er will einmal Handwerker werden. Das ist etwas sehr Vornehmes. Handwerker haben richtige Tischdecken statt Zeitungen, und sie essen mit Messer und Gabel. Sie werden niemals arbeitslos, und sie sind keine Sozialisten. Edvin ist schön, und ich bin hässlich. Edvin ist klug, und ich bin dumm. Das sind unumstößliche Wahrheiten, so, wie die weißen Druckbuchstaben am Giebel des Bäckers in unserer Straße. Dort steht: »*Politiken* ist die beste Zeitung«. Einmal habe ich meinen Vater gefragt, warum er dann den *Social-Demokraten* lesen würde, aber er runzelte nur die Stirn und räusperte sich, und Edvin und meine Mutter stimmten ihr Papiertütengelächter an, weil ich so unsäglich dumm bin.

Das Wohnzimmer ist an vielen tausend Abenden eine Insel aus Licht und Wärme, und wir befinden uns immer darin wie die Pappfiguren hinter den Säulen des Puppentheaters, das mein Vater nach einem Modell im *Familie Journalen* gebastelt hat. Wir haben immer Winter, und draußen in der Welt ist es genauso kalt wie im Schlafzimmer und in der

Küche. Das Wohnzimmer treibt durch Zeit und Raum, und das Feuer prasselt im Kachelofen. Obwohl Edvin mit seinem Hammer gehörig Lärm veranstaltet, kommt es mir viel lauter vor, wenn mein Vater eine Seite im verbotenen Buch umblättert. Wenn er viele Seiten umgeblättert hat, blickt Edvin mit seinen großen, braunen Augen zu meiner Mutter hinüber und legt den Hammer beiseite. »Will Mutter nicht etwas singen?«, fragt er. »Doch«, antwortet meine Mutter und lächelt ihm zu, und im selben Moment legt mein Vater das Buch auf seinen Bauch und sieht mich an, als würde er mir gern etwas sagen. Doch was mein Vater und ich uns mitteilen wollen, sprechen wir niemals aus. Edvin springt auf und reicht meiner Mutter das einzige Buch, das sie besitzt und schätzt. Es ist ein Buch mit Kriegsliedern. Er steht über sie gebeugt, während sie darin blättert, und obwohl sie sich natürlich nie berühren, sind sie sich auf eine Weise nah, die meinen Vater und mich ausschließt. Sobald meine Mutter zu singen beginnt, schläft mein Vater mit über dem verbotenen Buch verschränkten Händen ein. Meine Mutter singt laut und schrill, und als würde sie Abstand von den Worten nehmen, die sie singt.

Mama, bist du es?
Ach, weine nicht so.
Sorge dich nicht, ich bin jetzt froh.
Müd musst du sein, dein Weg war weit.
Danke, dass du gekommen, bei all dem Leid.

Alle Lieder meiner Mutter haben viele Strophen, und noch bevor sie die erste beendet hat, hämmert Edvin schon wieder, und mein Vater schnarcht geräuschvoll. Edvin hat sie nur zum

Singen aufgefordert, um ihren Zorn über die Lektüre meines Vaters abzumildern. Er ist ein Junge, und Jungen mögen keine Lieder, die einen zum Weinen bringen, wenn man genau hinhört. Und meine Mutter mag es auch nicht, wenn ich weine, also sitze ich nur mit einem Kloß im Hals da und schaue auf ihr Buch hinab, wo der sterbende Soldat auf dem Schlachtfeld die Hand nach der lichten Gestalt seiner Mutter ausstreckt, von der ich genau weiß, dass sie in Wirklichkeit gar nicht da ist. Alle Lieder im Buch haben einen ähnlichen Inhalt, und während meine Mutter sie singt, kann ich tun und lassen, was ich will, denn dann ruht sie so sicher in ihrer eigenen Welt, dass nichts von außen sie stören kann. Sie hört auch nicht, wenn sie unten wieder anfangen, sich zu streiten und zu prügeln. Dort wohnt Rapunzel mit dem langen gelben Zopf gemeinsam mit ihren Eltern, die sie noch nicht für einen Strauß Glockenblumen an die Hexe verkauft haben. Mein Bruder ist der Prinz, und er weiß nicht, dass er bald, nach seinem Sturz vom Turm, blind sein wird. Er hämmert Nägel in sein Brett und ist der Stolz der Familie. Denn das sind die Jungen nun mal, während die Mädchen einfach nur heiraten und Kinder kriegen sollen. Sie müssen sich versorgen lassen, etwas anderes dürfen sie weder erwarten noch hoffen. Rapunzels Eltern arbeiten bei Carlsberg und trinken dort fünfzig Bier am Tag. Zu Hause angekommen, trinken sie weiter, und kurz bevor ich schlafen gehe, fangen sie an zu brüllen und mit einem dicken Stock auf Rapunzel einzuschlagen. Sie kommt immer mit blauen Flecken im Gesicht oder an den Beinen in die Schule. Wenn die Eltern es leid sind, ihre Tochter zu traktieren, gehen sie mit Flaschen und abgebrochenen Stuhlbeinen aufeinander los, und oft kommt die Polizei und nimmt einen von beiden mit, woraufhin endlich Ruhe im Haus einkehrt. Mein Vater und meine Mutter können die Polizei nicht ausstehen. Sie finden, Rapunzels Eltern sollten sich in Ruhe prügeln dürfen, wann immer es ihnen passt. Die interessieren sich nur für die kleinen Fische, sagt mein Vater, und meine Mutter hat schon oft erzählt, wie die Gendarmen ihren Vater abholten und ins Gefängnis steckten. Das wird sie nie vergessen. Mein Vater trinkt nicht und war noch nie im Gefängnis. Meine Eltern prügeln sich auch nicht, und ich habe es viel besser als sie früher. Trotzdem legt sich ein dunkler Rand aus Angst um all meine Gedanken, wenn es unten still wird und ich ins Bett muss. »Gute Nacht«, sagt meine Mutter und schließt die Tür und geht wieder ins warme Wohnzimmer. Dann ziehe ich das Kleid aus und den Wollunterrock und das Mieder und die langen schwarzen Strümpfe, die ich jedes Jahr zu Weihnachten bekomme, streife mir das Nachthemd über den Kopf und setze mich einen Augenblick auf die Fensterbank. Ich blicke hinab in den schwarzen Hof weit unten und auf die Mauer des Vorderhauses, die immer weint, als hätte es gerade geregnet. Dort in den Fenstern brennt fast nie Licht, weil dahinter die Schlafzimmer liegen und kein anständiger Mensch im Hellen schläft. Zwischen den Mauern kann ich ein kleines viereckiges Stück Himmel erkennen, an dem manchmal ein einzelner Stern leuchtet. Ich nenne ihn Abendstern und denke mit aller Macht an ihn, wenn meine Mutter nach mir geschaut und das Licht ausgemacht hat und ich in meinem Bett liege und sehe, wie sich die Kleiderhaufen hinter der Tür in lange, verschlungene Arme verwandeln, die sich um meinen Hals legen wollen. Ich versuche zu schreien, bringe aber nur ein schwaches Wispern zustande, und wenn der Schrei endlich kommt, sind das Bett und ich schweißgebadet. Mein Vater steht in der Tür, das Licht brennt. »Du hattest bloß einen Alptraum«, sagt er, »darunter habe ich als Kind auch gelitten. Aber das waren noch andere Zeiten.« Er betrachtet mich forschend und scheint der Meinung zu sein, dass Kinder, die in so guten Verhältnissen aufwachsen wie ich, keine Alpträume haben dürften. Dann lächle ich ihn verlegen und entschuldigend an, als wäre mein Schrei nur eine alberne Idee gewesen. Ich ziehe mir die Bettdecke bis unter das Kinn, weil ein Mann ein Mädchen nicht im Nachthemd sehen darf. »Ja ja«, sagt er, schaltet das Licht aus und geht wieder und nimmt auf irgendeine Weise die Angst mit, denn jetzt kann ich ruhig einschlafen, und die Kleidung hinter der Tür ist nur ein Berg alter Lumpen. Ich schlafe mich weg von der Nacht, die mit ihrer Schleppe aus Grauen, Gefahr und Bösartigkeit am Fenster vorbeizieht. Drüben in der Istedgade, die tagsüber so hell und festlich ist, heulen die Sirenen der Polizeiautos und Rettungswagen, während ich geborgen unter meiner Decke ruhe. Betrunkene Männer liegen mit zerschmetterten, blutigen Schädeln in der Gosse, und wer ins Café Charles geht, wird abgemurkst. Das sagt mein Bruder, und was er sagt, ist immer wahr.

DREI

Ich bin knapp sechs Jahre alt und werde bald eingeschult, weil ich schon lesen und schreiben kann. Das erzählt meine Mutter stolz jedem, der ihr noch zuhört. Sie sagt: »Auch Kinder armer Leute können Grips haben.« Also mag sie mich vielleicht doch? Mein Verhältnis zu ihr ist eng, qualvoll und unsicher, und nach Zeichen von Liebe muss ich immer suchen. Alles, was ich tue, dient dazu, ihr zu gefallen, sie zum Lächeln zu bringen, ihren Zorn abzuwenden. Das ist eine mühsame Arbeit, weil ich gleichzeitig so viele Dinge vor ihr verbergen muss. Manche dieser Dinge erlausche ich mir, von einigen lese ich in den Büchern meines Vaters, von anderen erzählt mir mein Bruder. Als meine Mutter kürzlich im Krankenhaus lag, passten Tante Agnete und Onkel Peter auf uns auf, die Schwester meiner Mutter und ihr reicher Mann. Sie sagten, meine Mutter hätte sich den Magen verdorben, aber Edvin lachte nur und erklärte mir dann, unsere Mutter hätte eine »Amburtation« gehabt. In ihrem Bauch habe ein Kind gelegen, das dort drinnen gestorben sei. Also hätte man sie vom Nabel abwärts aufgeschnitten und das Kind entfernt. Es war geheimnisvoll und gruselig. Als sie aus dem Krankenhaus heimkehrte, war der Eimer unter dem Waschtisch jeden Tag voller Blut. Immer, wenn ich daran denke, sehe ich ein Bild vor mir. Es stammt aus den Erzählungen von Zacharias Nielsen und stellt eine wunderschöne Frau in einem langen roten Kleid dar. Die Frau hält eine schmale weiße Hand unter ihre Brust und sagt zu einem prächtig gekleideten Gutsherrn: »Ich trage ein Kind unter dem Herzen.« In Büchern sind solche Sachen schön und unblutig, und das beruhigt und tröstet mich. Edvin sagt, ich werde in der Schule oft Prügel beziehen, weil ich so seltsam bin. Ich bin seltsam, weil ich wie mein Vater Bücher lese, und weil ich nicht verstehe, wie man spielt. Trotzdem habe ich keine Angst, als ich an der Hand meiner Mutter durch das rote Tor zur Schule im Enghavevej gehe, denn in letzter Zeit hat meine Mutter mir das nie gekannte Gefühl vermittelt, etwas Einzigartiges zu sein. Sie hat ihren neuen Mantel angezogen, mit einem Pelzkragen, der ihr bis über die Ohren reicht, und einem Gürtel um die Taille. Ihre Wangen sind rot von Seidenpapier, ihre Lippen auch, und ihre Augenbrauen hat sie nachgemalt, so dass sie zwei springenden Fischen gleichen, deren Schwänze ihre Schläfen berühren. Ich bin überzeugt, dass keines der anderen Kinder eine so schöne Mutter hat. Ich selbst trage Edvins umgeänderte Sachen, was niemand sehen kann, weil es Tante Rosalias Werk war. Sie ist Näherin, und sie liebt meinen Bruder und mich, als wären wir ihre eigenen Kinder. Selbst hat sie keine.

Als wir in das Gebäude kommen, das vollkommen leer zu sein scheint, steigt mir ein strenger Geruch in die Nase. Ich erkenne ihn wieder, und mir wird sofort eng ums Herz, denn es ist der längst vertraute Geruch von Angst. Meine Mutter nimmt ihn auch wahr, sie lässt meine Hand los, als wir die Treppe hinaufsteigen. Im Rektorenzimmer werden wir von einer Dame empfangen, die einer Hexe gleicht. Ihr grünliches Haar sitzt wie ein Vogelnest auf ihrem Kopf. Sie hat nur für das eine Auge eine Brille, vielleicht ist das andere Glas kaputtgegangen. Ich habe das Gefühl, sie hätte keine Lippen, so fest sind sie zusammengekniffen, und darüber ragt eine riesige, großporige Nase hervor, deren Spitze glühend rot ist. »Aha«, sagt sie ohne Einleitung, »du heißt also Tove?« »Ja,« antwortet meine Mutter, die der Dame keines Blickes würdig scheint, und schon gar nicht eines Stuhls zum Sitzen, »und sie kann fehlerfrei lesen und schreiben.« Die Dame sieht mich an, als wäre ich etwas, das sie unter einem Stein gefunden hätte. »Das ist aber ungünstig«, sagt sie kalt, »denn wir haben natürlich unsere eigenen Methoden, es den Kindern beizubringen.« Die Schamesröte steigt mir ins Gesicht, wie immer, wenn ich der Grund dafür bin, dass meiner Mutter eine Kränkung zugefügt wurde. Verschwunden ist mein Stolz, zerstört meine kurze Freude darüber, einzigartig zu sein. Meine Mutter rückt ein Stück von mir ab und sagt kleinlaut: »Das hat sie sich selbst beigebracht, es ist nicht unsere Schuld.« Ich sehe zu ihr auf und erkenne mehrere Dinge auf einmal: Sie ist kleiner als andere erwachsene Damen und jünger als andere Mütter, und es gibt eine Welt außerhalb unserer Straße, die sie fürchtet. Und wann immer sie und ich diese Welt gemeinsam fürchten, fällt sie mir in den Rücken. Wie wir dort vor der Hexe stehen, bemerke ich auch, dass die Hände meiner Mutter nach Spülwasser riechen. Ich verabscheue diesen Geruch, und während wir die Schule vollkommen wortlos wieder verlassen, wird mein Herz von jenem Chaos aus Zorn, Trauer und Mitleid erfüllt, das meine Mutter seit dieser Stunde und für den Rest des Lebens immer in mir wecken wird.

VIER

Indes gibt es gewisse Tatsachen. Sie sind starr und unverrückbar wie die Laternenpfähle auf der Straße, aber die verändern sich wenigstens abends, wenn der Laternenanzünder sie mit seinem Zauberstab berührt. Dann leuchten sie wie große, sanfte Sonnenblumen im schmalen Grenzland zwischen Tag und Nacht, in dem sich alle Menschen so leise und langsam bewegen, als spazierten sie über den Grund des grünen Meeres. Die Tatsachen leuchten nie, und sie können auch keine Herzen erweichen wie *Ditte Menschenkind,* einer der ersten Romane, die ich lese. »Das ist ein sozialer Roman«, erklärt mein Vater, und das mag eine weitere Tatsache sein, aber sie sagt mir nichts, und ich habe keine Verwendung dafür. »Unfug«, entgegnet meine Mutter, die sich ebenfalls nicht für Tatsachen interessiert, aber leichter von ihnen absehen kann als ich. Wenn mein Vater selten einmal richtig wütend auf sie wird, sagt er, sie sei durch und durch verlogen, aber ich weiß, dass das nicht stimmt. Ich weiß, dass jeder Mensch seine eigene Wahrheit hat, so, wie jedes Kind seine eigene Kindheit. Die Wahrheit meiner Mutter unterscheidet sich grundlegend von der meines Vaters, aber das ist genauso einleuchtend, wie dass seine Augen braun sind und ihre blau. Zum Glück verhält es sich so, dass man über die Wahrheiten seines Herzens schweigen kann, wohingegen die strengen, grauen Tatsachen in den Schulchroniken, der Weltgeschichte, dem Gesetz und den Kirchenbüchern festgehalten werden. Keiner kann sie ändern, und das würde auch niemand wagen, nicht mal der liebe Gott, dessen Bildnis ich nicht von dem von Ministerpräsident Stauning unterscheiden kann, obwohl mein Vater sagt, ich solle nicht an Gott glauben, weil die Kapitalisten ihn schon immer gegen die Armen eingesetzt hätten.

Also:

Ich bin am 14. Dezember 1918 in einer kleinen Zweizimmerwohnung in Vesterbro in Kopenhagen geboren worden. Wir wohnten in der Hedebygade 30 A, und A bedeutete Hinterhaus. Im Vorderhaus, von dessen Fenstern aus man auf die Straße herabschauen konnte, lebten die feineren Menschen. Obwohl ihre Wohnungen exakt so aussahen wie unsere, bezahlten sie zwei Kronen mehr Miete. Es war das Jahr, in dem der Weltkrieg aufhörte und der Acht-Stunden-Tag eingeführt wurde. Mein Bruder Edvin wurde geboren, als der Weltkrieg anfing, damals arbeitete mein Vater zwölf Stunden am Tag. Er war Heizer, und seine Augen waren immer rot von den Funken des Dampfkessels. Als ich geboren wurde, war er 37 Jahre alt, meine Mutter zehn Jahre jünger. Mein Vater kam als uneheliches Kind in Nykøbing Mors auf die Welt und erfuhr nie, wer sein Vater war. Mit sechs Jahren wurde er als Hütejunge losgeschickt, und ungefähr zur gleichen Zeit heiratete seine Mutter einen Töpfer namens Floutrup. Mit ihm bekam sie neun Kinder, aber über all diese Halbgeschwister weiß ich nichts, weil ich sie nie gesehen habe und mein Vater auch nie über sie sprach. Er brach den Kontakt zur Familie ab, als er im Alter von sechzehn nach Kopenhagen ging. Er träumte vom Schreiben, und diesen Traum gab er im Grunde nie ganz auf.

Es gelang ihm, eine Stelle als Journalistenlehrling bei irgendeinem Blatt zu ergattern, die er aus unbekannten Gründen jedoch wieder aufgab. Ich weiß nichts darüber, wie er die nächsten zehn Jahre in Kopenhagen verbrachte, ehe er mit 26 in einer Bäckerei in der Tordenskjoldgade meiner Mutter begegnete. Sie war sechzehn und arbeitete als Verkäuferin in dem Laden, wo mein Vater als Bäckersgehilfe jobbte. Daraus entstand eine ungeheuer lange Verlobung, die mein Vater mehrmals auflöste, wenn er der Meinung war, meine Mutter würde zu viel mit anderen schäkern. Das Meiste war wohl eher harmlos, diese beiden Menschen waren einfach nur so grundverschieden, als kämen sie von unterschiedlichen Planeten. Mein Vater war melancholisch, ernst und überaus moralisch, meine Mutter, jedenfalls als junges Mädchen, fröhlich und albern, leichtsinnig und eitel. Sie arbeitete an wechselnden Orten als Hausmädchen, und wenn ihr irgendwo etwas nicht passte, ging sie einfach wieder, und dann musste mein Vater ihr Arbeitsbuch und ihre Kommode abholen und sie auf einem Lastenfahrrad zu ihrer neuen Stelle fahren, wo ihr dann auch wieder irgendetwas nicht passte. Irgendwann vertraute sie mir einmal an, dass sie nie lange genug irgendwo geblieben war, um auch nur ein Ei zu kochen.

Ich war sieben Jahre alt, als uns das Unglück traf. Meine Mutter hatte mir gerade einen grünen Pullover gestrickt. Ich bekam ihn angezogen und fand ihn schön. Kurz vor Feierabend gingen wir los, um meinen Vater von der Arbeit abzuholen. Er war bei Riedel & Lindegaard in der Kingosgade angestellt. Dort arbeitete er schon immer, das heißt, seit ich denken kann. Wir kamen ein wenig zu früh, und ich trat gegen die schmelzenden Schneehaufen im Rinnstein, während meine Mutter wartend am grünen Geländer lehnte. Dann kam mein Vater aus dem Tor, und mein Herz schlug schneller. Sein Gesicht war grau und verkehrt und verändert. Meine Mutter eilte auf ihn zu. »Ditlev«, sagte sie, »was ist passiert?« Er blickte zu Boden. »Ich bin entlassen worden,« antwortete er. Ich kannte das Wort nicht, aber ich verstand das unwiderrufliche Unglück. Mein Vater war arbeitslos. Was anderen widerfuhr, war auch uns widerfahren. Riedel & Lindegaard, von denen bislang alles Gute gekommen war, bis hin zu meinem unantastbaren Sonntags-Fünf-Öre-Stück, hatte sich in einen bösen und unheimlichen Drachen verwandelt, der meinen Vater aus seinem Feuerschlund ausgespien hatte, gleichgültig gegenüber seinem Schicksal, gegenüber uns, mir und meinem neuen grünen Pullover, den mein Vater gar nicht bemerkte. Auf dem Heimweg sprach keiner von uns ein Wort.

Ich versuchte, meine Hand in die meiner Mutter zu schmuggeln, aber sie schlug meinen Arm mit einer heftigen Bewegung weg. Als wir oben im Wohnzimmer angekommen waren, sah mein Vater sie mit schuldbeladenem Blick an. »Jaja«, sagte er und strich sich mit zwei Fingern über den schwarzen Schnauzbart, »aber mit der Stütze werden wir lange auskommen.« Mit seinen 43 Jahren war er zu alt, um je wieder eine feste Arbeit zu finden. Trotzdem erinnere ich mich nur an ein einziges Mal, als die Unterstützung der Gewerkschaft tatsächlich knapp wurde, und sie über die Armenhilfe sprachen. Im Flüsterton, nachdem mein Bruder und ich ins Bett gegangen waren, denn es war eine Schande, die man nicht wieder abschütteln konnte, auf einer Stufe mit Läusen und der Kinderfürsorge. Wer Armenhilfe bekam, verlor sein Stimmrecht. Wir hungerten auch nie so, dass unser Bauch nicht mit irgendetwas gefüllt war, aber ich lernte einen Halbhunger kennen, wie man ihn beim Duft des Mittagessens spürt, der durch die Türen der Bessergestellten dringt, wenn man tagelang von Kaffee und altem Gebäck gelebt hat, von dem man für 25 Öre eine ganze Schultasche voll bekam.

Ich war diejenige, die es kaufen musste. Jeden Sonntag weckte mich meine Mutter um 6 Uhr und erteilte vom Ehebett aus ihre Befehle, bis oben in die Decke eingehüllt, neben meinem noch schlafenden Vater. Mit Fingern, die schon steif vor Kälte waren, bevor ich in den Hof hinauskam, griff ich meine Tasche und stürmte die Treppe hinunter, die zu dieser Tageszeit noch im Finsteren lag. Ich schloss die Tür zum Hof auf und spähte in alle Ecken und zu den Fenstern des Vorderhauses hinauf, denn niemand durfte mich bei der Ausführung dieses fragwürdigen Auftrags sehen. Altes Brot zu kaufen, war ein ebensolches Unding, wie an der Schulspeisung in der Schule im Carlsbergvej teilzunehmen, dem einzigen sozialen Angebot, das es in den dreißiger Jahren in Vesterbro gab. Letzteres war Edvin und mir auch nicht erlaubt. Außerdem durfte man auch keinen arbeitslosen Vater haben, obwohl das auf die Hälfte von uns Kindern zutraf. Deshalb vertuschten wir diese Schande mit den abwegigsten Lügen. Besonders verbreitet war die Behauptung, der Vater sei von einem Gerüst gefallen und krankgeschrieben. Vor dem Bäcker in der Tøndergade bildeten die wartenden Kinder eine gewundene Schlange entlang der Straße. Alle hatten ihre Taschen dabei, und alle plapperten etwas davon, wie gut das Brot bei genau diesem Bäcker sei, vor allem das frische. Als ich an die Reihe kam, brachte ich flüsternd mein Anliegen vor und fügte laut hinzu: »Am liebsten Sahnetörtchen.« Meine Mutter hatte mich eindringlich gebeten, nach Weißbrot zu fragen. Auf dem Heimweg naschte ich vier bis fünf saure Sahnetörtchen, wischte mir mit dem Jackenärmel den Mund ab und wurde nie überführt, wenn meine Mutter zur Kontrolle tief in meine Tasche hinabtauchte. Ich wurde so gut wie nie für meine Verbrechen bestraft. Meine Mutter schlug oft und fest zu, meist aber willkürlich und ungerechtfertigt, und während die Bestrafung stattfand, empfand ich eine heimliche Scham und tiefe Trauer, die mir Tränen in die Augen trieb und den schmerzlichen Abstand zwischen uns vergrößerte. Mein Vater schlug mich nie. Im Gegenteil, er behandelte mich immer gut. Von ihm bekam ich alle Bücher meiner Kindheit, und zum fünften Geburtstag schenkte er mir eine wunderschöne Ausgabe von Grimms Märchen, ohne die meine Kindheit traurig, grau und armselig gewesen wäre. Trotzdem hegte ich keine starken Gefühle für ihn, was ich mir oft vorwarf, wenn er mich vom Sofa aus mit seinem stillen, forschenden Blick ansah, als wollte er irgendetwas sagen oder tun, das allerdings doch nie zum Ausdruck kam. Ich war Mutters Mädchen, und Edvin war Vaters Junge, an diesem Naturgesetz gab es nichts zu rütteln. Einmal fragte ich ihn: »Was bedeutet Kummer, Vater?« Ich war bei Gorki auf dieses Wort gestoßen und liebte es. Er überlegte lange, während er über seine gezwirbelten Schnurrbartenden strich. »Das ist ein russischer Ausdruck«, antwortete er dann. »Es bedeutet Schmerz, Elend, Trauer. Gorki war ein großer Dichter.« Ich sagte fröhlich: »Ich möchte auch Dichter werden!« Er runzelte die Stirn und erwiderte: »Bild dir bloß nichts ein. Ein Mädchen kann nicht Dichter werden.« Ich zog mich gekränkt und betrübt wieder in mich selbst zurück, während meine Mutter und Edvin über meinen abstrusen Einfall lachten. Ich schwor mir, nie wieder jemand anderem meine Träume zu verraten und hielt mich meine ganze Kindheit über daran.

FÜNF

Es ist Abend, und ich sitze wie immer auf der kalten Fensterbank im Schlafzimmer und schaue in den Hof hinab. Das ist für mich die glücklichste Stunde des Tages. Die erste Angstwelle hat sich gelegt. Mein Vater hat mir eine gute Nacht gewünscht und ist wieder ins warme Wohnzimmer gegangen, und der Kleiderberg hinter der Tür jagt mir keine Furcht mehr ein. Ich sehe zu meinem Abendstern hinauf, der wie das freundliche Auge Gottes ist, das über mich wacht und mir jetzt näher scheint als am Tag. Irgendwann möchte ich all die Wörter aufschreiben, die mich durchströmen. Irgendwann werden andere Menschen sie in einem Buch lesen und sich darüber wundern, dass ein Mädchen doch Dichter werden konnte. Meine Eltern werden stolzer auf mich sein als auf Edvin, und an meiner Schule wird eine hellsichtige Lehrerin (die ich noch nicht bekommen habe) sagen: »Ich habe das schon gesehen, als sie ein Kind war. Sie hatte etwas Besonderes an sich!« Ich wollte die Wörter so gerne aufschreiben, aber wo um alles in der Welt sollte man solche Papiere verstecken? Nicht einmal meine Eltern haben eine Schublade, die man abschließen kann. Ich gehe in die zweite Klasse, und ich möchte Kirchenlieder schreiben, weil es für mich nichts Schöneres gibt. An meinem ersten Schultag sangen wir: »Dem Herrgott sei Dank für die Schlafesruh« – und als wir bei »Jetzt da die Vöglein singen, die Fischlein springen, fällt die Morgensonne herein« angelangten, war ich derart glücklich und bewegt, dass ich in Tränen ausbrach, woraufhin die anderen Kinder genauso lachten wie meine Mutter und Edvin, wenn mich meine »Seltsamkeit« zum Weinen brachte. Für meine Klassenkameraden bin ich nach wie vor unfassbar komisch, aber ich habe mich an die Clownsrolle gewöhnt und finde sogar einen traurigen Trost darin, denn sie beschützt mich, zusammen mit meiner bescheinigten Dummheit, vor dieser eigentümlichen Bösartigkeit gegenüber jedem, der anders ist.

Ein Schatten kriecht aus dem Toreingang hervor wie eine Ratte aus ihrem Loch. Trotz der Dunkelheit erkenne ich, dass es der Sittenstrolch ist. Als er sich vergewissert hat, dass die Luft rein ist, zieht er seinen Hut tief in die Stirn und huscht zum Pissoir hinüber, dessen Tür er nur anlehnt. Ich kann nicht hineinsehen, aber ich weiß, was er dort drinnen treibt. Die Zeiten, als ich mich vor ihm fürchtete, sind längst vorbei, aber meine Mutter hat immer noch Angst. Vor Kurzem nahm sie mich mit zur Polizeistation in der Svendsgade und erzählte einem Beamten empört und bebend vor Wut, dass die Frauen und Kinder im Haus vor seinen Schweinereien nicht sicher seien. »Mein kleines Mädchen hat er zu Tode erschreckt«, sagte sie. Darauf hin fragte mich der Beamte, ob sich der Sittenstrolch entblößt hätte, und ich verneinte es voller Überzeugung. Ich kannte das Wort nur aus der Zeile: »Darum entblößen wir jedes Mal unser Haupt, wenn die Flagge gehisst wird.« Und seinen Hut hatte er wirklich nie abgenommen. Als wir nach Hause kamen, sagte meine Mutter zu meinem Vater: »Die Polizei wollte nichts unternehmen. In diesem Land herrscht weder Recht noch Gerechtigkeit.«

Die Pforte zum Hof schwingt in ihren quietschenden Angeln auf, und Gelächter, Gesang und Flüche durchbrechen die feierliche Stille im Zimmer und in meinem Inneren. Ich recke den Hals, um besser sehen zu können, wer kommt. Es sind Rapunzel, ihr Vater und »Blechschnauze«, ein Saufkumpan der Eltern. Das Mädchen läuft zwischen den Männern, die beide den Arm um seine Schulter gelegt haben. Sein Goldhaar schimmert, als würde es den Glanz einer unsichtbaren Laterne reflektieren. Sie wanken grölend über den Hof, und kurz darauf höre ich sie auf der Treppe lärmen. Rapunzel heißt in Wirklichkeit Gerda und ist fast erwachsen, mindestens dreizehn. Letzten Sommer, als sie mit Krätze-Hans und Schön-Lili im Zirkuswagen gewesen war, um auf die kleinsten Kinder aufzupassen, sagte meine Mutter: »Gerda hat sich auf dem Ausflug wohl mehr eingefangen als nur die Krätze.« Etwas Ähnliches erzählten auch die großen Mädchen im Hof in der Ecke mit den Mülltonnen, in deren Peripherie ich mich oft aufhalte. Sie flüsterten kichernd, und ich verstand nicht viel mehr, als dass es um etwas Unanständiges, Gemeines und Schlüpfriges ging, irgendetwas mit Krätze-Hans und Rapunzel. Also nahm ich meinen Mut zusammen und fragte meine Mutter, was Gerda denn nun eigentlich widerfahren sei. Wütend und ungeduldig antwortete sie: »Du Dummkopf! Sie hat ihre Unschuld verloren, das ist alles.« Und ich war genauso schlau wie zuvor.

Ich sehe hinauf in den wolkenfreien, seidenartigen Himmel und öffne das Fenster, um ihm noch näher zu sein. Es ist, als würde Gott langsam sein mildes Gesicht zur Erde hinabbeugen, und sein großes Herz würde ruhig und gedämpft ganz dicht an meinem schlagen. Ich fühle mich sehr glücklich, und lange, traurige Verse ziehen durch meine Seele. Ohne dass ich es will, trennen sie mich von den Menschen, die mir nahestehen. Meine Eltern mögen es nicht, dass ich an Gott glaube, und sie mögen die Sprache nicht, die ich verwende. Mich wiederum stößt ihr Sprachgebrauch ab, denn sie bedienen sich der immer gleichen groben und plumpen Begriffe und Redewendungen, deren Bedeutung nie das trifft, was sie sagen wollen. Meine Mutter leitet fast alle ihre Befehle an mich mit den Worten ein: »Gnade dir Gott, wenn du nicht …« Mein Vater verflucht Gott auf Jütländisch, was vielleicht weniger gefährlich ist, aber auch nicht schön anzuhören. An Heiligabend singen wir sozialdemokratische Kampflieder, während wir um den Weihnachtsbaum tanzen, und mein Herz verkrampft sich aus Angst und Scham, weil ringsherum im Haus, selbst bei den versoffensten und gottlosesten Nachbarn, die schönsten Kirchenlieder erklingen. Man soll Vater und Mutter ehren, und ich bilde mir ein, dass ich es auch tue, aber jetzt fällt es mir schwerer als früher.

Ein feiner, kühler Regen trifft mein Gesicht, und ich schließe das Fenster wieder. Trotzdem kann ich das leise Geräusch der Haustür hören, die tief unten geöffnet und geschlossen wird. Dann trippelt ein anmutiges Geschöpf über den Hof, das scheinbar von seinem zarten durchsichtigen Schirm getragen wird. Es ist Ketty, die übernatürlich schöne Dame aus der Wohnung nebenan. Sie trägt hochhackige Silberschuhe unter einem langen gelben Seidenkleid und darüber einen weißen Pelz, bei dem ich an Schneewittchen denken muss. Und Kettys Haar ist auch schwarz wie Ebenholz. Es dauert nur einen kurzen Moment, dann verdeckt der Torbogen den schönen Anblick, der mein Herz jeden Abend erfreut. Ketty geht immer um diese Zeit aus, und mein Vater sagt, das sei ein Skandal, der Kinder wegen, aber ich verstehe nicht, was er meint. Meine Mutter schweigt, weil sie und ich tagsüber oft in Kettys Wohnzimmer sitzen und Kaffee und Schokolade trinken. Es ist ein wundervolles Zimmer, alle Möbel sind mit rotem Plüsch bezogen. Auch die Lampenschirme sind rot, und Ketty selbst ist rot und weiß, wie meine Mutter, wobei Ketty jünger ist. Sie lachen viel, die beiden, und ich lache mit, obwohl ich nur selten verstehe, was so lustig ist. Wenn Ketty sich mit mir unterhält, schickt meine Mutter mich weg, weil sie das nicht billigen kann. Mit Tante Rosalia, die auch gern mit mir plaudert, ist es dasselbe. »Frauen, die keine Kinder haben«, sagt meine Mutter, »können nie von denen der anderen lassen.« Anschließend macht sie Ketty schlecht, weil die ihre alte Mutter in dem unbeheizbaren Zimmer zum Hof wohnen lässt und ihr nicht erlaubt, ins Wohnzimmer zu kommen. Kettys Mutter heißt Frau Andersen, was meine Mutter »eine dreiste Lüge« nennt, da sie nie verheiratet war. Und in dem Fall ist es eine große Sünde, Kinder zu bekommen, das weiß ich bereits, und wenn ich meine Mutter frage, warum Ketty ihre Mutter so schlecht behandelt, sagt sie, das liege daran, dass die ihr nicht verraten will, wer ihr Vater ist. Wenn man etwas so Furchtbares hört, kann man wirklich froh sein, dass in der eigenen Familie geordnete Verhältnisse herrschen.

Nachdem Ketty verschwunden ist, geht die Pissoir-Tür leise wieder auf, und der Sittenstrolch drückt sich seitwärts wie eine Krabbe an der Mauer des Vorderhauses entlang und durch den Toreingang. Ich hatte ihn schon ganz vergessen.

SECHS

Die Kindheit ist lang und schmal wie ein Sarg, aus dem man sich nicht allein befreien kann. Sie ist immerzu da und genauso augenfällig wie Schön-Ludvigs Hasenscharte. Oder Schön-Lilis Hässlichkeit, die so hervorsticht, dass man sich gar nicht vorstellen kann, wie sie je eine Mutter gehabt haben soll. Alles, was hässlich oder misslungen scheint, wird schön genannt, und keiner weiß, warum. Der Kindheit kann man nicht entkommen, sie hängt an einem wie ein Geruch. Man bemerkt sie auch an anderen, und jede Kindheit riecht anders. Den eigenen Geruch kennt man nicht und fürchtet manchmal, er könnte schlimmer sein als bei den anderen. Wir stehen da und reden mit einem Mädchen, dessen Kindheit nach Asche und Kohle riecht, und plötzlich weicht das Mädchen einen Schritt zurück, weil es den furchtbaren Gestank unserer Kindheit wahrgenommen hat. Verstohlen beobachten wir die Erwachsenen, deren Kindheit zerlumpt und durchlöchert in ihnen liegt wie ein abgewetzter, mottenzerfressener Teppich, an den niemand mehr denkt und den niemand mehr braucht. Man sieht ihnen nicht an, dass sie eine Kindheit hatten, und man wagt nicht zu fragen, wie sie es geschafft haben, sie hinter sich zu bringen, ohne tiefe Narben oder andere Male davonzutragen. Man verdächtigt sie, eine geheime Abkürzung genommen zu haben und in die Gestalt der Erwachsenen geschlüpft zu sein, lange bevor die Zeit gekommen ist. Sie haben es an einem Tag getan, an dem sie allein zu Hause waren und ihre Kindheit wie drei Eisenbänder um ihr Herz spannte, so wie beim Eisernen Heinrich in Grimms Märchen, dessen Bänder erst gesprengt wurden, als sein Herr befreit worden war. Kennt man aber keine solche Abkürzung, muss jede einzelne Stunde der Kindheit ausgehalten und zerschlissen werden, eine vollkommen unüberschaubare Zahl von Jahren hindurch. Nur der Tod kann einen davon erlösen, weshalb man viel an ihn denkt und ihn sich als einen weißgewandeten, freundlichen Engel vorstellt, der einem eines Nachts die Augenlider küsst, damit sie nie wieder geöffnet werden können. Ich denke immer, meine Mutter wird mich mögen, wenn ich erst einmal erwachsen bin, so, wie sie Edvin mag. Denn meine Kindheit irritiert sie genauso sehr wie mich selbst, und wir sind nur zusammen glücklich, wenn sie deren Existenz manchmal vergisst. Dann spricht sie mit mir wie mit ihren Freundinnen oder Tante Rosalia, und ich achte sehr darauf, meine Antworten so knapp wie möglich zu halten, damit ihr nicht plötzlich doch wieder auffällt, dass ich nur ein Kind bin. Ich lasse ihre Hand los und halte ein wenig Abstand, damit auch sie meine Kindheit nicht riechen kann. Das passiert fast immer, wenn ich mit ihr auf der Istedgade einkaufen gehe. Dann erzählt sie, was für eine lustige Zeit sie als junges Mädchen verlebte. Sie war jeden Abend aus und immer auf der Tanzfläche. »Und jeden Abend hatte ich einen neuen Verehrer,« sagt sie und lacht laut, »aber das ging ja nicht mehr, als ich Ditlev traf.« Das ist mein Vater, den sie sonst immer »Vater« nennt, so wie er sie »Mutter« nennt. Ich gewinne den Eindruck, dass es eine Zeit gab, in der sie glücklich und anders war, und die mit Ditlev ein jähes Ende fand. Wenn sie über ihn redet, ist er eine andere Person als mein Vater, ein dunkler Geist, der alles zertrampelt und zerstört, was vorher schön und hell und munter war. Und ich wünsche mir, dieser Ditlev wäre nie in ihr Leben getreten. Sobald sie auf seinen Namen zu sprechen kommt, entdeckt sie in der Regel auch meine Kindheit und betrachtet sie wütend und drohend, während sich der dunkle Rand um ihre blaue Iris noch dunkler färbt. Dann zittert die Kindheit vor Angst und stellt sich verzweifelt auf die Zehenspitzen, um noch einmal davonzukommen, aber sie ist nach wie vor viel zu klein und kann erst in ein paar Jahren ausrangiert werden.

Menschen, die so eine sichtbare, unzulässige Kindheit haben, innerlich wie äußerlich, nennt man Kinder, und man kann sie behandeln, wie man will, weil man nichts von ihnen zu befürchten hat. Sie besitzen keine Waffen und keine Masken, es sei denn, sie sind besonders pfiffig. Ich bin ein solch pfiffiges Kind, und meine Maske, auf die ich immer gut aufpasse, damit sie mir niemand wegreißt, ist die Dummheit. Ich lasse meinen Mund ein wenig offen stehen und mache meine Augen ganz leer, als würden sie immer nur in die klare Luft glotzen. Wenn es in mir zu singen beginnt, achte ich besonders darauf, dass meine Maske nicht löchrig wird. Kein Erwachsener verkraftet den Gesang in meinem Herzen und die Wortgirlanden in meiner Seele. Doch sie wissen von ihnen, weil ein paar Fetzen davon über einen geheimen Kanal aus mir heraussickern, den ich nicht kenne und deshalb auch nicht abdichten kann. »Du bildest dir doch wohl nichts ein?«, fragen sie misstrauisch, und ich versichere ihnen, dass ich nie auf die Idee käme, mir etwas einzubilden. In der Schule fragen sie: »Woran denkst du? Was habe ich als Letztes gesagt?« Aber sie durchschauen mich nie richtig. Das können nur die Kinder auf dem

Hof oder der Straße. »Du stellst dich dumm«, sagt ein großes Mädchen drohend und baut sich direkt vor mir auf, »aber du bist es gar nicht.« Dann nimmt sie mich ins Kreuzverhör, und viele der anderen Mädchen versammeln sich um mich und bilden einen Ring, aus dem ich nicht entkommen kann, ehe ich bewiesen habe, dass ich wirklich dumm bin. Am Ende scheint es ihnen durch meine vielen dämlichen Antworten belegt, und sie geben zögerlich eine kleine Lücke frei, durch die ich gerade so schlüpfen und mich in Sicherheit bringen kann. »Denn man soll nie vorgeben, etwas zu sein, was man nicht ist«, ruft mir eine von ihnen als Warnung hinterher.

Dunkel ist die Kindheit, und sie winselt wie ein kleines Tier, das man in einen Keller eingesperrt und vergessen hat. Sie bildet eine Wolke vor dem Gesicht wie kalter Atem, und mal ist sie zu klein, mal zu groß. Ganz genau passt sie nie. Erst wenn man sie eines Tages abgestreift hat wie eine Haut, kann man sie in Ruhe betrachten und von ihr sprechen wie von einer überstandenen Krankheit. Die meisten Erwachsenen behaupten, sie hätten eine glückliche Kindheit gehabt, und vielleicht glauben sie das wirklich, aber ich tue es nicht. Ich glaube, es ist ihnen lediglich gelungen, sie zu vergessen. Meine Mutter hatte keine glückliche Kindheit, und sie liegt nicht so tief in ihr verborgen wie in anderen Menschen. Sie erzählt mir, wie schrecklich es war, wenn ihr Vater ins Delirium fiel und die ganze Familie die Wand abstützen musste, damit sie nicht auf ihn stürzte. Wenn ich sage, das sei aber schlimm für ihn, schreit sie: »Schlimm! Er war doch selbst daran schuld, dieses versoffene Schwein. Er hat eine ganze Flasche Schnaps am Tag getrunken, und es ging uns allen weit besser, als er endlich seinen Mut zusammengenommen und sich erhängt hat.« Sie sagt auch: »Er hat meine fünf kleinen Brüder umgebracht. Er hat sie aus der Wiege gehoben und ihre Schädel an der Wand zertrümmert.« Eines Tages frage ich Tante Rosalia, die Schwester meiner Mutter, ob das stimmt, und sie sagt: »Natürlich stimmt es nicht. Sie sind einfach gestorben. Unser Vater war ein unglücklicher Mensch, aber deine Mutter war erst vier, als er starb. Sie hat Großmamas Hass auf ihn geerbt.« Großmama ist ihre Mutter, und obwohl sie inzwischen alt ist, kann ich mir vorstellen, dass ihre Seele viel Raum für Hass bietet. Großmama wohnt auf Amager. Sie hat ganz weiße Haare und trägt immer schwarz. Genau wie mein Vater und meine Mutter darf ich sie nur in der dritten Person anreden, wodurch alle Gespräche mühsam und voller Wiederholungen sind. Sie bekreuzigt das Brot, ehe sie es schneidet, und ihre abgeschnittenen Fingernägel verbrennt sie im Kachelofen. Ich frage sie, warum sie das macht, aber sie sagt, sie wisse es selbst nicht. Ihre Mutter hätte das auch immer gemacht. Wie alle Erwachsenen kann sie es nicht ausstehen, wenn Kinder Fragen stellen, und gibt nur kurze Antworten. Wohin man sich auch wendet, ständig stößt man dabei gegen seine Kindheit und tut sich weh, weil sie kantig und hart ist und erst aufhört, wenn sie einen vollkommen zerrissen hat. Es scheint, als hätte jeder seine eigene, und als wären sie sehr unterschiedlich. Die meines Bruders ist zum Beispiel sehr laut, meine hingegen still, lauernd und wachsam. Keiner kann sie leiden, und keiner kann sie gebrauchen. Mit einem Mal ist sie viel zu groß, und ich kann meiner Mutter in die Augen sehen, wenn wir voreinander stehen. »Man wächst im Schlaf«, sagt sie. Also versuche ich mich abends wachzuhalten, doch der Schlaf übermannt mich, und morgens wird mir ganz schwindelig, wenn ich auf meine Füße hinabsehe, so groß ist der Abstand geworden. »Bohnenstange«, rufen mir die Jungs aus unserer Straße nach. Wenn das so weitergeht, muss ich irgendwann zum Großmogul auswandern, wo die Riesen wachsen. Jetzt tut die Kindheit weh. Das nennt sich Wachstumsschmerzen und hört erst auf, wenn man zwanzig Jahre alt ist, sagt Edvin, der alles weiß, auch über die Welt und die Gesellschaft. Genau wie mein Vater, der ihn mit zu politischen Treffen nimmt, die nach Meinung meiner Mutter damit enden könnten, dass sie beide von der Polizei verhaftet werden. Sie hören aber nicht auf sie, wenn sie so etwas sagt, denn sie versteht genauso wenig von Politik wie ich. Sie sagt auch, mein Vater würde keine Arbeit finden, weil er Sozialist und Gewerkschafter ist, und dass uns Stauning, dessen Bild mein Vater neben die Seemannsbraut an die Wand gehängt hat, noch ins Verderben führen wird. Ich mag Stauning, den ich schon viele Male im Fælledparken gesehen und gehört habe. Ich mag ihn, weil sein langer Bart so festlich im Wind flattert, und weil er die Arbeiter mit »Genossen« anspricht, obwohl er Ministerpräsident ist und es sich erlauben könnte, richtig hochnäsig zu sein. Was die Politik betrifft, hat meine Mutter, glaube ich, unrecht, aber es interessiert keinen, was Mädchen in solchen Angelegenheiten glauben oder nicht glauben.

Eines Tages riecht meine Kindheit nach Blut, es lässt sich nicht vermeiden, das zu spüren und zu erfahren. »Jetzt kannst du Kinder bekommen«, sagt meine Mutter. »Das ist viel zu früh, du bist nicht mal dreizehn.« Ich weiß genau, wie man Kinder bekommt, weil ich mit meinen Eltern in einem Zimmer schlafe, und man erfährt es auch anderweitig, ob man will oder nicht. Trotzdem weiß ich es irgendwie doch wieder nicht und stelle mir vor, ich könnte jederzeit mit einem kleinen

Wesen neben mir aufwachen. Marienkind soll es heißen, denn es soll ein Mädchen werden. Ich interessiere mich nicht für Jungs und darf sowieso nicht mit ihnen spielen. Nur Edvin liebe und bewundere ich, und nur ihn könnte ich mir auch vorstellen zu heiraten. Man kann seinen Bruder aber nicht heiraten, und selbst wenn ich es könnte, würde er mich nicht wollen. Das hat er oft genug gesagt. Alle Menschen mögen meinen Bruder, und ich denke oft, dass seine Kindheit besser zu ihm passt als meine zu mir. Er hat eine maßgeschneiderte Kindheit, die sich seinem Wachstum harmonisch angleicht, während meine für ein ganz anderes Mädchen entworfen wurde. Wenn ich mir solche Gedanken mache, wird meine Maske noch dümmer, denn über diese Dinge kann man mit niemandem sprechen, und ich träume immer davon, einen geheimnisvollen Menschen zu treffen, der mir zuhört und mich versteht. Ich weiß aus Büchern, dass es solche Menschen gibt, aber kein einziger davon lebt in der Straße meiner Kindheit.

SIEBEN

Die Istedgade ist die Straße meiner Kindheit, deren Rhythmus für immer in meinem Blut pulsieren wird und deren Stimme mich immer erreichen und dieselbe sein wird wie in jenen längst vergangenen Zeiten, als wir einander die Treue schworen. Sie ist immer warm und hell und feierlich und spannend, und sie umfängt mich vollkommen, als wäre sie dafür geschaffen, mein Bedürfnis nach Entfaltung zu befriedigen. Hier lief ich als kleines Mädchen an der Hand meiner Mutter und erfuhr so wichtige Dinge wie, dass ein Ei bei Irma 6 Öre kostet und ein Pfund Pferdefleisch 58 Öre. Alles andere als Lebensmittel handelt meine Mutter derart stark herunter, dass die Verkäufer vor Verzweiflung die Hände ringen und sagen, sie würde sie noch in den Ruin treiben. Außerdem besitzt sie die faszinierende Frechheit, Hemden, die mein Vater schon getragen hat, gegen nagelneue umzutauschen. Sie wagt es auch, in einen Laden zu gehen, sich ganz hinten in der Schlange anzustellen und sofort mit schriller Stimme zu rufen: »Hören Sie mal, jetzt bin ich aber wirklich dran. Ich habe wahrlich lang genug gewartet.« Ich amüsiere mich gemeinsam mit ihr, und ich bewundere ihre Kopenhagener Keckheit und Schlagfertigkeit. Vor den kleinen Cafés lungern die Arbeitslosen herum. Sie stecken zwei Finger in den Mund und pfeifen meiner Mutter hinterher, doch sie hat nichts für sie übrig. »Die könnten doch wenigstens zu Hause bleiben«, sagt sie, »wie dein Vater.«

Aber es ist so traurig, ihn untätig auf dem Sofa sitzen zu sehen, wenn er nicht gerade draußen auf Arbeitssuche geht. In einer Zeitschrift habe ich diese Zeile gelesen: »Dazusitzen und auf zwei Fäuste zu starren, die der Herrgott so stark und schön auf die Armstiele gesetzt hat.« Es ist ein Gedicht über die Arbeitslosen, und es erinnert mich an meinen Vater.

Als Spielplatz und fester Aufenthaltsort von der Zeit nach der Schule bis zum Abendessen offenbart sich mir die Istedgade erst, nachdem ich Ruth kennengelernt habe. Zu diesem Zeitpunkt bin ich neun Jahre alt, und Ruth ist sieben. Wir entdecken einander an einem Sonntagvormittag, an dem alle Kinder aus dem Haus zum Spielen in den Hof gejagt werden, damit die Eltern nach der Schufterei oder Langeweile der vergangenen Woche ausschlafen können. Wie immer stehen die großen Mädchen in der Ecke neben den Mülltonnen und tratschen, während die kleineren Himmel und Hölle spielen, wobei ich immer versage, weil ich entweder auf den Strich trete oder mit dem falschen Bein auf den Boden komme. Ich begreife nie ganz, worum es eigentlich geht, und finde es entsetzlich langweilig. Dann sagt irgendjemand, ich sei raus, und ich stelle mich resigniert an die Wand. Im nächsten Moment poltern hastige Schritte die Küchentreppe des Vorderhauses hinunter, die in den Hof mündet, und heraus kommt ein kleines Mädchen mit rotem Haar, grünen Augen und hellbraunen Sommersprossen auf dem Nasenrücken. »Tach,« sagt sie zu mir und grinst bis über beide Ohren. »Ich heiße Ruth.« Schüchtern und linkisch stelle ich mich vor, weil man es nicht gewohnt ist, dass neue Kinder einen so unbefangenen Auftritt hinlegen. Alle starren Ruth an, die es nicht zu bemerken scheint. »Wollen wir 'ne Runde um die Häuser ziehen?«, fragt sie mich, und nachdem ich einen zögernden Blick hinauf zu unserem Fenster geworfen habe, folge ich ihr, so wie ich ihr noch viele Jahre folgen werde, bis kurz nach der Schulzeit, als sich unsere tiefe Verschiedenheit offenbart hat.

Jetzt habe ich eine Freundin und bin dadurch viel weniger von meiner Mutter abhängig, die Ruth natürlich nicht leiden kann. Sie ist ein Adoptivkind, und das verheiße meistens nichts Gutes, sagt meine Mutter düster, verbietet mir jedoch nicht, mir ihr zu spielen. Ruths Eltern sind große, hässliche Menschen, die selbst nie etwas so Reizendes wie Ruth in die Welt setzen könnten. Der Vater ist Kellner und säuft wie ein Loch. Die Mutter ist fett und asthmatisch und prügelt beim kleinsten Anlass auf Ruth ein. Ruth ist das schnuppe. Sie schüttelt die Fäuste ab, poltert die Küchentreppe hinunter, zeigt all ihre blitzweißen Zähne und ruft fröhlich: »Verdammtes Satansweib, der Teufel soll sie holen!« Wenn Ruth flucht, hört sich das nicht abstoßend oder anrüchig an, weil ihre Stimme so zart und fein klingt wie die des kleinsten Ziegenbocks von den drei Böcken Brausewind. Ihr Mund ist rot und herzförmig mit einer kurzen, nach oben geschwungenen Oberlippe, und ihr Blick so stark wie der des Mannes, der keine Furcht kannte. Sie ist alles, was ich nicht bin, und ich mache alles, was sie von mir verlangt. Mit richtigen Spielen kann sie genauso wenig anfangen wie ich. Ihre Puppen rührt sie nie an, und ihren Puppenwagen benutzt sie höchstens als Sprungbrett, wenn wir eine Planke darüberlegen. Das machen wir allerdings nicht oft, weil dann die Hausmeister hinter uns herrennen oder wir von unseren wachsamen Müttern zur Ordnung gerufen werden, die von den Fenstern aus alles im Blick haben. Nur auf der Istedgade sind wir vollkommen unbeaufsichtigt, und hier beginnt meine kriminelle Laufbahn. Ruth findet sich freundlich und geduldig damit ab, dass ich mich nicht zur Diebin eigne. Stattdessen muss ich die Aufmerksamkeit der Verkäuferin von ihrer kleinen, flinken Erscheinung ablenken, die wahllos alles an sich rafft, während ich frage, wann sie wieder Kaugummis zum Blasenmachen haben. Im nächsten Hauseingang teilen wir die Beute. Manchmal gehen wir auch in andere Läden und probieren ewig lang Schuhe und Kleider an. Wir suchen uns das Allerteuerste aus und erklären höflich, unsere Mutter würde gleich kommen und zahlen, ob sie so nett sein könnten, die Sachen bis dahin zurückzulegen? Noch bevor wir zur Tür hinaus sind, kichern wir begeistert los.

Unsere ganze Freundschaft über habe ich Angst, ich würde mich vor Ruth enttarnen. Ich habe Angst, sie könnte erkennen, wie ich wirklich bin. Ich mache mich zu einem Echo von ihr, weil ich sie so gernhabe, und weil sie die Stärkere ist, aber tief in meinem Inneren bin ich immer noch ich selbst. Ich träume von einer Zukunft jenseits der Straße, während Ruth intim mit ihr verbunden ist und sich nie von ihr losreißen ließe. Ich habe das Gefühl, ich würde sie hinters Licht führen, indem ich so tue, als wären wir aus demselben Holz geschnitzt. Ich stehe in einer geheimnisvollen Schuld bei ihr, und zusammen mit meiner Angst und meinen vagen Gewissensbissen belastet diese Schuld mein Herz und färbt unsere Beziehung auf dieselbe Weise wie alle engen und langen Verbindungen meines späteren Lebens.

Unsere Diebeszüge nehmen ein jähes Ende. Eines Tages ist Ruth das Meisterstück gelungen, ein ganzes Glas Orangenmarmelade unter der Jacke verschwinden zu lassen, die wir anschließend in uns hineinschlingen, bis wir Bauchschmerzen bekommen. Von unserer Sättigung überwältigt, werfen wir den Rest in eine der Mülltonnen, die schon so voll ist, dass sie nicht zugeht. Wir springen darauf und setzen uns auf den Deckel. Plötzlich sagt Ruth: »Ich sehe wirklich nicht ein, dass immer ich das machen soll.« »Der Hehler ist genauso gut wie der Stehler,« erwidere ich erschrocken. »Ja, trotzdem,« schmollt Ruth, »zwischendurch könntest du ruhig auch mal übernehmen.« Ich sehe ein, dass ihre Forderung durchaus berechtigt ist und verspreche ihr beklommen, es beim nächsten Mal zu wagen. Allerdings bestehe ich darauf, dass es ganz weit weg sein muss, und wähle ein Milchgeschäft auf dem Søndre Boulevard, das verlassen genug aussieht. Ruth öffnet vorsichtig die Tür und tritt ein, gefolgt von ihrem langgezogenen Schatten, der gut und gern ihr eigenes, schlummerndes Gewissen sein könnte. Der Laden ist leer, und die Tür zum Hinterzimmer hat kein Fenster. Auf dem Tresen steht eine Schale voller Schokoladenstangen in rotem und grünem Stanniolpapier für 25 Öre das Stück. Blass vor Spannung und Angst starre ich sie an. Ich hebe die Hand, werde jedoch von unsichtbaren Mächten zurückgehalten. Ich zittere bis in die Füße hinab. »Jetzt beeil dich schon«, flüstert Ruth, die das Hinterzimmer im Blick behält. Dann langt die Hand, die nicht stehlen kann, in die Schale, schnappt sich etwas von dem Roten und Grünen, das vor den Augen tanzt, und kippt dabei den ganzen Berg hinter den Tresen. »Dummkopf,« zischt Ruth und flitzt davon, als die Hintertür aufgestoßen wird. Eine weiße Dame stürzt heraus und bleibt verdutzt stehen, als sie mich wie eine Salzsäule mit einer Schokoladenstange in der hochgestreckten Hand dort stehen sieht. »Was ist das denn?,« fragt sie. »Was machst du da? Schau doch nur, jetzt ist die Schale kaputtgegangen.« Sie beugt sich hinab und hebt die Scherben auf, und ich weiß nicht, was ich machen soll, jetzt, da die Welt um mich herum doch nicht untergegangen ist. Ich wünschte, sie täte es auf der Stelle. Ich empfinde nichts als eine brennende, grenzenlose Scham. Die Spannung und das Abenteuer sind verflogen, und ich bin nur ein ganz normaler Langfinger, der auf frischer Tat ertappt wurde. »Du könntest dich wenigstens entschuldigen,« sagt die Dame, als sie mit den Glasscherben hinausgeht. »Du großes Trampeltier.«

In sicherer Entfernung am Enghavevej steht Ruth und lacht Tränen. »Was für ein Schafskopf du bist«, prustet sie. »Hast du was zu ihr gesagt? Warum bist du nicht abgehauen? Oh, du hast die Schokolade noch? Komm, wir gehen in den Park und essen sie.« »Du willst sie wirklich essen?«, frage ich ungläubig. »Ich finde, wir sollten sie hinter einen Baum werfen.« »Bist du verrückt geworden?« fragt Ruth. »Die gute Schokolade!« »Aber Ruth,« sage ich. »Das machen wir nie wieder, oder?« Da fragt meine kleine Freundin nur, ob ich plötzlich eine Heilige geworden bin, und als wir im Park angekommen sind, stopft sie sich vor meinen Augen die Schokolade in den Mund. Anschließend stellen wir unsere Diebeszüge ein. Alleine hat Ruth keine Lust, und wenn meine Mutter mich zum Einkaufen schickt, falle ich immer übertrieben lärmend in den Laden ein. Wenn es trotzdem eine Weile dauert, bis die Verkäuferin erscheint, stelle ich mich weit vom Tresen entfernt, hebe den Blick zur Decke und werde trotzdem knallrot, wenn die Dame erscheint, und ich muss mich beherrschen, nicht meine Taschen nach außen zu kehren, um ihr zu zeigen, dass sie frei von Diebesgut sind. Der Zwischenfall verstärkt meine

Schuldgefühle gegenüber Ruth und lässt mich befürchten, ich könnte unsere wertvolle Freundschaft verlieren. Deshalb lege ich bei unseren anderen verbotenen Spielen umso mehr Kühnheit an den Tag, zum Beispiel, wenn es darum geht, als letzte kurz vor dem Zug über die Schienen unter dem Viadukt am Enghavevej zu spurten. Manchmal werde ich vom Luftzug der Lokomotive umgeworfen und liege noch lange auf der Böschung im Gras und japse nach Luft. Es ist Belohnung genug, wenn Ruth sagt: »Mein lieber Herr Gesangsverein! Da wärste fast draufgegangen.«

ACHT

Es ist Herbst, und der Sturm klappert an den Schildern der Metzgereien. Die Bäume am Enghavevej werden bald all ihre Blätter verloren haben. Sie bedecken fast den ganzen Boden mit ihrem gelben und rotbraunen Teppich, der an das Haar meiner Mutter erinnert, wenn die Sonne darin spielt und man plötzlich erkennt, dass es nicht vollkommen schwarz ist. Die Arbeitslosen frieren, stehen aber weiterhin kerzengerade da, die Hände in den Taschen, eine erloschene Pfeife im Mundwinkel. Die Laternen wurden gerade angezündet, und ab und zu taucht der Mond zwischen den dahinrasenden, windgepeitschten Wolken auf. Ich glaube, dass zwischen dem Mond und der Straße ein geheimnisvolles Einverständnis besteht, wie zwischen zwei Schwestern, die zusammen alt geworden sind und keine Worte mehr brauchen, um miteinander zu sprechen. Wir gehen durch die flüchtige Abenddämmerung, Ruth und ich, und müssen die Straße bald wieder verlassen, weshalb wir ganz versessen darauf sind, etwas zu erleben, bevor der Tag vorbei ist. Als wir zum Gasværksvej gelangen, wo wir normalerweise kehrtmachen, sagt Ruth: »Komm, wir gehen uns die Huren angucken. Ein paar haben bestimmt schon den Dienst angetreten.« Eine Hure ist eine Dame, die es für Geld macht, was mir viel mehr einleuchtet, als es umsonst zu machen. Ruth hat mir von ihnen erzählt, und weil ich das Wort hässlich finde, habe ich ein anderes dafür in einem Buch gefunden: Freudenmädchen. Das klingt viel netter und romantischer. Ruth erzählt mir all diese Dinge, vor ihr haben die Erwachsenen keine Geheimnisse. Sie hat mir auch von Krätze-Hans und Rapunzel erzählt, und das leuchtet mir wiederum nicht ein, weil ich finde, dass Krätze-Hans ein sehr alter Mann ist. Außerdem hat er ja Schön-Lili. Ob Männer zwei Frauen gleichzeitig lieben können? Für mich ist die Welt der Erwachsenen nach wie vor ein Mysterium. Die Istedgade stelle ich mir immer als eine schöne Frau vor, die auf dem Rücken liegt, mit dem Haar am Enghaveplads. Am Gasværksvej, der die Grenze zwischen den anständigen und den lasterhaften Menschen bildet, öffnet sie ihre Beine, auf denen wie Sommersprossen verstreut die einladenden Hotels liegen und die hellen, lauten Kneipen, deren skandalös betrunkene, streitlustige Opfer spät in der Nacht von der Polizei abgeholt werden. Das weiß ich von Edvin, der vier Jahre älter ist als ich und deshalb bis zehn Uhr abends draußen unterwegs sein darf. Ich bewundere ihn sehr, wenn er in seinem blauen Hemd von der dänischen Arbeiterjugend nach Hause kommt und mit meinem Vater über Politik diskutiert. Derzeit sind sie beide sehr empört über den Fall von Sacco und Vanzetti, die einem von den Litfaßsäulen und Zeitungsseiten entgegenblicken. Sie sehen so schön aus mit ihren dunklen, fremdartigen Gesichtern, und ich finde es auch traurig, dass sie für etwas hingerichtet werden sollen, was sie nicht getan haben. Ich kann mich nur nicht so sehr darüber ereifern wie mein Vater, der brüllt und auf den Tisch haut, wenn er mit Onkel Peter diskutiert. Er ist Sozialdemokrat genau wie mein Vater und Edvin, meint aber, Sacco und Vanzetti hätten kein besseres Schicksal verdient, weil sie Anarchisten seien. »Das ist mir egal«, schreit mein Vater außer sich vor Wut und schlägt auf den Tisch. »Ein Justizmord ist und bleibt ein Justizmord, und wenn es einen Konservativen trifft.« Das, so habe ich verstanden, ist das Schlimmste, was man sein kann, und als ich vor Kurzem fragte, ob ich Mitglied im Ping-Club vom Zeitungshaus Berlingske werden dürfe, weil alle andere Mädchen in meiner Klasse auch beigetreten waren, sah mein Vater verbissen zu meiner Mutter hinüber, als sei ich Opfer ihres subversiven politischen Einflusses geworden, und sagte: »Da siehst du's, Mutter. Jetzt ist sie reaktionär geworden. Wahrscheinlich endet das noch damit, dass sie uns dieses schwarze Blatt ins Haus bringt!«

Um den Bahnhof herum erwacht das schöne Leben. Betrunkene Männer legen einander die Arme um die Schultern und torkeln singend umher, und aus dem Café Charles kullert ein dicker Mann, dessen kahler Schädel ein paar Mal auf dem Kopfsteinpflaster aufschlägt, ehe er reglos vor unseren Füßen liegen bleibt. Zwei Polizisten gehen zu ihm und verpassen ihm einen nachdrücklichen Tritt in die Seite, woraufhin er sich mit einem jämmerlichen Jaulen aufrappelt. Sie stellen ihn unsanft auf die Beine und stoßen ihn weg, sobald er die Lasterhöhle erneut betreten will. Als die Beamten weiter die Straße hinabgehen, steckt Ruth zwei Finger in den Mund und schickt ihnen einen langen Pfiff hinterher, eine Kunst, um die ich sie beneide. Vor der Helgolandsgade hat sich ein größerer Auflauf von spielenden und lärmenden Kindern gebildet, und als wir näherkommen, sehe ich, dass Locken-Charles mitten auf der Straße steht und sich dampfende Pferdeäpfel in den Mund stopft. Dabei singt er ein unbeschreiblich zotiges Lied, und die Kinder kreischen vor Lachen und jubeln ihm zu, weil sie hoffen, er wird ihnen noch mehr Unterhaltung bieten. Er rollt irre mit den Augen. Ich finde ihn tragisch und unheimlich, tue aber so, als würde ich mich auch über ihn amüsieren, Ruth zuliebe, die sich gemeinsam mit den anderen kaputtlacht. An Huren sehen wir dagegen nur ein paar ältere, fette Frauen, die aufdringlich mit dem Hintern wackeln und damit anscheinend vergebens versuchen, die Aufmerksamkeit des langsam im Auto vorbeirollenden Publikums zu erregen. Ich bin zutiefst enttäuscht, weil ich dachte, alle wären wie Ketty, über deren abendliche Verrichtungen Ruth mich inzwischen ebenfalls aufgeklärt hat. Auf dem Heimweg gehen wir durch die Revalsgade, wo einmal eine alte Zigarrenhändlerin ermordet wurde, und wir bleiben auch vor dem Haus des Grauens in der Matthæusgade stehen und starren zum Fenster im dritten Stock hinauf, wo letztes Jahr ein kleines Mädchen vom »Roten Carl« umgebracht wurde, einem Heizer, mit dem mein Vater im Ørstedswerk zusammengearbeitet hatte. Keine von uns wagt sich abends allein dort vorbei. Bei uns im Hauseingang stehen Gerda und Blechschnauze so eng umschlungen, dass man ihre Silhouetten im Dunkeln nicht auseinanderhalten kann. Ich halte die Luft an, bis ich im Hof bin, weil es hier immer nach Bier und Urin stinkt. Als ich die Treppe hinaufgehe, bin ich bedrückt. Die Abgründe der Geschlechter klaffen immer offener vor mir und lassen sich schwerer als früher von den ungeschriebenen, zitternden Wörtern verdecken, die mein Herz ständig flüstert. Die Tür neben Gerda wird sachte geöffnet, als ich vorbeigehe, und Frau Poulsen winkt mich mit einer Geste zu sich herein. Meine Mutter sagt, sie wäre verarmt, aber vornehm, doch ich weiß, dass man nicht beides zugleich sein kann. Sie hat einen Untermieter, den meine Mutter verächtlich den »feinen Herzog« nennt, dabei ist er Postbote und sorgt so für Frau Poulsen, als wären sie verheiratet, obwohl sie keine Kinder haben. Von Ruth weiß ich, dass sie wie Mann und Frau zusammenleben. Zögernd folge ich ihrer Aufforderung und trete in ein Wohnzimmer, das genauso aussieht wie unseres, abgesehen davon, dass ein Klavier darinsteht, bei dem etliche Tasten fehlen. Ich setze mich ganz vorn auf die Sesselkante, und Frau Poulsen nimmt mit einem neugierigen Ausdruck in ihren blassblauen Augen auf dem Sofa gegenüber Platz. »Sag mal, Tove«, sagt sie einschmeichelnd. »Weißt du zufällig, ob Fräulein Andersen häufiger Herrenbesuch empfängt?« Sofort mache ich meine Augen leer und dumm und lasse den Unterkiefer ein wenig sacken. »Nee«, sage ich mit gespieltem Erstaunen. »Das kann ich mir nicht vorstellen.« »Aber deine Mutter und du, ihr geht sie doch oft besuchen. Denk mal scharf nach. Hast du denn dort noch nie Herren gesehen? Auch nicht am Abend?« »Nein!«, lüge ich erschrocken und fürchte mich vor dieser Frau, die Ketty irgendetwas Böses will. Meine Mutter hat mir verboten, weiter zu Ketty zu gehen und besucht sie selbst nur noch, wenn mein Vater in weiter Ferne ist. Frau Poulsen bekommt nicht mehr aus mir heraus und lässt mich ein wenig frostig wieder ziehen. Einige Tage darauf geht eine Liste im Haus herum, deretwegen sich meine Eltern abends im Bett streiten, weil sie glauben, ich würde schon schlafen. »Ich unterschreibe«, sagt mein Vater, »der Kinder wegen. So könnte man sie doch wenigstens davor behüten, die schlimmsten Schweinereien mit ansehen zu müssen.« »Diese alten Weiber sind doch nur neidisch, weil sie jung und hübsch und glücklich ist«, erwidert meine Mutter heftig. »Mich können sie auch nicht ausstehen.« »Hör auf, dich mit einer Nutte gleichzusetzen«, faucht mein Vater. »Auch wenn ich keine feste

Arbeit habe, warst du doch wohl nie gezwungen, dein eigenes Geld zu verdienen, vergiss das nicht.« Es ist schrecklich mit anzuhören, und es scheint, als würden sie sich eigentlich über etwas ganz anderes streiten, wofür ihnen die Worte fehlen. Dann kommt der Tag, an dem Ketty und ihre Mutter auf all ihren Plüschmöbeln draußen auf der Straße sitzen, die von einem auf- und abgehenden Polizisten bewacht werden. Ketty sieht voller Verachtung durch alle Nachbarn hindurch und hält ihren feinen Schirm hoch, um sich vor dem Regen zu schützen. Mich lächelt sie an und sagt: »Auf Wiedersehen, Tove, gib immer schön auf dich acht.« Kurz darauf fahren sie mit dem Umzugswagen davon, und ich sehe sie nie wieder.

NEUN

In meiner Familie ist etwas Schreckliches passiert. Die Landmandsbank ist pleite, und Großmama hat ihr ganzes Geld verloren. Fünfhundert Kronen, die sie im Laufe ihres Lebens zusammengespart hat. Es ist eine schmutzige Affäre, die nur die kleinen Sparer trifft. »Die reichen Schweine«, sagt mein Vater, »werden schon dafür sorgen, dass sie ihr Geld zurückbekommen.« Großmama weint bitterlich und tupft sich die roten Augen mit einem schneeweißen Taschentuch ab. Sie ist immer wie aus dem Ei gepellt und riecht nach frischer Wäsche und Heißmangel. Das Geld sollte für ihre Beerdigung verwendet werden, an die sie unablässig zu denken scheint. Sie zahlt in eine Beerdigungskasse ein und erinnert sich zu gern daran, dass ich dachte, man könnte sich gegen den Tod versichern. Darüber kann sie immer noch lachen, wenn es ihr wieder einfällt. Ich habe Großmama sehr gern, aber nicht auf diese angsterfüllte Weise wie meine Mutter. Ich darf sie auch besuchen, weil sie es sich wünscht und meine Mutter es nicht wagt, ihr zu widersprechen. Meine Mutter hat mir erzählt, Großmama sei sehr wütend auf sie gewesen, als sie mit mir schwanger war, denn meine Eltern hätten doch schon einen Jungen, da gäbe es keinen Grund, noch mehr Kinder in die Welt zu setzen. Jetzt weiß Großmama nicht, wie sie auf respektable Weise unter die Erde kommt, denn wir haben kein Geld, Tante Rosalia mit ihrem versoffenen Mann auch nicht, und Onkel Peter ist zwar sehr reich, doch angesichts seines berüchtigten Geizes kann sich niemand vorstellen, dass er etwas für das Begräbnis seiner Schwiegermutter abtreten würde. Großmama ist 73 Jahre alt und meint, sie hätte nicht mehr lange zu leben. Sie ist noch kleiner als meine Mutter, feingliedrig wie ein Kind und immer von Kopf bis Fuß schwarz gekleidet. Ihr weißes, seidenweiches Haar hat sie hochgesteckt und bewegt sich flink wie ein junges Mädchen. Sie wohnt in einer Einzimmerwohnung und lebt nur von ihrer bescheidenen Rente. Wenn ich sie besuche, bekomme ich zum Kaffee Roggenbrot mit echter Butter, die ich mit den Zähnen zurückschiebe, bis alles auf dem letzten Bissen liegt, der himmlischer schmeckt als alles, was ich je zu Hause bekommen habe. Seit Edvin eine Lehre angefangen hat, besucht er sie jeden Sonntag. Dann gibt sie ihm eine ganze Krone, weil er der einzige Junge in der Familie ist. Meine drei Cousinen und ich bekommen nichts. Immer wenn ich bei Großmama bin, fordert sie mich zum Singen auf, um zu hören, ob ich ein bisschen weniger falsch singe als beim letzten Mal. »Das war fast sauber,« sagt sie aufmunternd, obwohl ich genau höre, dass die Töne weit entfernt sind von denen, die ich gerne hervorbringen würde. Man darf Großmama nicht unaufgefordert ansprechen, aber selbst redet sie gern, und ich höre ihr gern zu. Sie erzählt von ihrer Kindheit, die schrecklich war, weil sie eine Stiefmutter hatte, die sie aus heiterem Himmel wegen der kleinsten Bagatelle halb totschlagen konnte. Dann wurde sie Hausmädchen und verlobte sich mit meinem Großvater, der Mundus hieß und Stellmacher war, ehe er zu trinken anfing. »Den grölenden Säufer« nannten sie ihn im Häuserblock, und nachdem er sich erhängt hatte, musste Großmama sich als

Wäscherin verdingen, um die größte Not abzuwenden. »Aber aus meinen drei Mädchen ist trotzdem was geworden«, sagt sie mit verständlichem Stolz. Einmal verrate ich ihr, dass ich meinen Großvater gern kennengelernt hätte, und sie sagt: »Ja, er war bis zuletzt ein schöner Mann, aber solch ein herzloser Schuft! Wenn ich wollte, könnte ich dir Sachen erzählen.« Daraufhin schließt sie ihre Lippen fest um die nicht mehr vorhandenen Zähne und möchte nichts weiter verraten. Ich denke über das Wort »herzlos« nach und bekomme Angst, ich könnte meinem furchtbaren Großvater ähneln. Oft nagt das Gefühl an mir, dass ich nicht in der Lage bin, wirklich etwas für andere zu empfinden, mit Ausnahme von Ruth natürlich. Als ich eines Tages wieder bei Großmama bin und ihr etwas vorsingen soll, sage ich: »Ich habe in der Schule ein neues Lied gelernt.« Und dann sitze ich auf ihrem Bett und singe mit schiefer und zitternder Stimme ein Gedicht, das ich selbst geschrieben habe. Es ist sehr lang und handelt – wie auch die Moritaten meiner Mutter über »Hjalmar und Hulda« und »Jørgen und Hansigne« – von zwei Menschen, die sich nicht kriegen, aber meine Version endet weniger tragisch mit der Strophe:

Die junge reiche Liebe
vereinte sie mit festem Band.
Wer braucht da schon ein Hochzeitsbett?
Es reicht der Straßenrand.

Als ich so weit gekommen bin, runzelt Großmama die Stirn, steht auf und streicht ihr Kleid glatt, als müsse sie einen unbehaglichen Eindruck abwehren. »Das war aber kein nettes

Lied, Tove«, sagt sie streng, »hast du das wirklich in der Schule gelernt?« Ich bestätige es und bin niedergeschlagen, denn ich hatte gehofft, sie würde sagen: »Was für ein schönes Lied, wer hat es bloß geschrieben?« »Man muss in einer Kirche heiraten, bevor man sich näherkommt«, sagt Großmama milde. »Aber das kannst du natürlich nicht wissen.« Ach, Großmama! Ich weiß mehr, als du glaubst, aber ich werde künftig darüber schweigen. Ich muss daran denken, wie ich vor ein paar Jahren verblüfft feststellte, dass meine Eltern im Februar desselben Jahres heirateten, in dem zwei Monate später, im April, mein Bruder geboren wurde. Ich fragte meine Mutter, wie das denn sein könne, und sie antwortete schnell: »Tja, weißt du, beim Ersten dauert es nie länger als zwei Monate.« Dann lachten Edvin und sie, und mein Vater machte ein mürrisches Gesicht. Das ist das Schlimmste an den Erwachsenen, finde ich: Dass sie nie auch nur einmal im Leben zugeben können, dass sie falsch oder leichtsinnig gehandelt haben. Sie sind schnell dabei, andere zu verurteilen, halten aber nie Gericht über sich selbst.

Den Rest der Familie sehe ich nur zusammen mit meinen Eltern oder zumindest meiner Mutter. Tante Rosalia lebt genau wie Großmama auf Amager. Ich war noch nicht oft bei ihr, weil Onkel Carl, den wir »den Schluckspecht« nennen, immer im Wohnzimmer sitzt und säuft, während er schlimme Dinge von sich gibt, die Kindern schaden können. Das Wohnzimmer sieht genauso aus wie alle übrigen, mit einer Anrichte an der einen Wand und einem Sofa an der anderen und dazwischen einem Tisch und vier Stühlen mit hohen Lehnen. Auf der Anrichte steht wie auch bei uns ein Messingtablett mit einer Kaffeekanne, einer Zuckerschale und einem Milchkännchen, die nie benutzt, aber vor allen Feiertagen blankpoliert werden. Tante Rosalia ist Näherin im Kaufhaus Magasin und besucht uns oft auf dem Heimweg. Die Kleidung, die sie umnähen soll, trägt sie über dem Arm, in ein großes Alpakatuch gewickelt, und legt sie nicht ab, während sie bei uns ist. Sie möchte immer nur »auf einen Sprung« hereinkommen und behält stets ihren Hut auf, als wäre das ein Gegenbeweis dafür, dass sie mehrere Stunden da war, wenn sie schließlich wieder geht. Meine Mutter und sie reden immer über Ereignisse aus ihrer Kindheit, und auf dem Weg erfahre ich vieles, was ich nicht wissen sollte. Einmal musste meine Mutter beispielsweise einen Friseur im Kleiderschrank ihres Zimmers verstecken, weil mein Vater unangemeldet zu Besuch kam. Wenn meine Mutter ihn nicht dazu gebracht hätte, wieder zu gehen, wäre der Friseur erstickt. Derlei Geschichten gibt es viele, und sie lachen herzlich über sie. Tante Rosalia ist nur zwei Jahre älter als meine Mutter, Tante Agnete hingegen acht, weshalb sie nie richtig mit den anderen zusammen jung war. Sie und Onkel Peter spielen oft Karten mit meinen Eltern. Tante Agnete ist fromm und leidet darunter, wenn jemand in ihrer Gegenwart flucht, was ihren Mann oft dazu veranlasst, nur um sie zu ärgern. Sie ist groß und breit und hat ein Dagmarkreuz auf ihrem Busen liegen, den Onkel Peter »den Balkon« nennt. Wenn ich meinen Eltern glauben soll, ist er die Boshaftigkeit und Durchtriebenheit in Person, aber mich behandelt er immer freundlich, weshalb ich ihnen nicht glaube. Er ist Schreiner und wird niemals arbeitslos werden. Sie wohnen in einer Dreizimmerwohnung auf Østerbro und haben einen eiskalten Salon mit einem Klavier, den sie nur an Heiligabend betreten. Onkel Peter hat angeblich eine ungeheure Geldsumme geerbt, die er auf verschiedene Sparbücher verteilt hat, um das Finanzamt an der Nase herumzuführen. Manchmal werden die Arbeiter in der Fabrik, in der er angestellt ist, dazu eingeladen, andere Betriebe zu besuchen, wo man sie kostenlos bewirtet. Als er mit ihnen bei Tuborg war, trank er so viel, dass er ins Krankenhaus musste, wo man ihm am nächsten Tag den Magen auspumpte, und als sie die Molkerei Enigheden besuchten, schüttete er eine so große Menge Milch in sich hinein, dass er die nächsten acht Tage krank war. Ansonsten trinkt er nie etwas anderes als Wasser.

Meine drei Cousinen sind alle älter als ich und ziemlich hässlich. Jeden Abend sitzen sie um den Esstisch und stricken, was das Zeug hält. Sie seien auch nicht die hellsten Leuchten, sagt mein Vater, und in der ganzen großen Wohnung gebe es kein einziges Buch. Meine Eltern machen keinen Hehl daraus, dass wir besser geraten sind als diese Mädchen. Onkel Peter war schon einmal verheiratet, und aus dieser Ehe hat er eine Tochter, die nur sieben oder acht Jahre jünger ist als meine Mutter. Ester heißt sie, eine ordentliche Matrone mit einem schaukelnden, vorgebeugten Gang. Ihre Augen sehen aus, als würden sie gleich aus dem Kopf springen, und wenn sie uns besucht, spricht sie Babysprache mit uns und küsst mich auf den Mund, was ich über alles verabscheue. »Herzchen« nennt sie meine Mutter, mit der sie zum Missfallen meines Vaters auch abends ausgeht. Einmal wollen die beiden zum Karneval im Folkets Hus, und ich halte den Spiegel, während sie sich schminken, und finde meine Mutter wunderschön als »Königin der Nacht«. Ester ist »ein Kutscher aus dem neunzehnten Jahrhundert«, und ihre Arme ragen wie dicke Keulen aus den Puffärmeln. Sie müssen sich beeilen, weil mein Vater bald nach Hause kommt. Meine Mutter harrt geduldig in all dem schwarzen Tüll aus, der mit hunderten schimmernden Pailletten besetzt ist. Sie fallen genauso leicht von ihr ab wie ihre eigene, empfindliche Freude. Als die beiden gerade durch die Tür hinauswollen, kommt mein Vater von der Arbeit zurück. Er starrt meiner Mutter ins Gesicht und sagt: »Na was, du alte Vogelscheuche?« Sie erwidert nichts, sondern schlüpft wortlos an ihm vorbei und folgt Ester auf den Fersen. Mein Vater weiß, dass ich ihn gehört habe. Mit einem unsicheren Ausdruck in seinen freundlichen, melancholischen Augen setzt er sich mir gegenüber. »Was willst du einmal werden, wenn du groß bist?«, fragt er unbeholfen. »Königin der Nacht«, antworte ich boshaft, denn das ist genau dieser »Ditlev«, der meiner Mutter immer den Spaß verderben will.

ZEHN

Ich bin in die Sekundarschule gekommen, und damit erweitert sich meine Welt. Meine Eltern haben es mir erlaubt, nachdem sie ausgerechnet haben, dass ich gerade mal vierzehn sein werde, wenn ich mit der Schule fertig bin, und da sie Edvin eine Ausbildung finanzieren, soll ich nicht zurückstehen. Gleichzeitig darf ich endlich die Kommunalbibliothek in der Valdemarsgade besuchen, wo es eine Abteilung mit Kinderbüchern gibt. Meine Mutter meint, ich würde noch seltsamer davon werden, Bücher zu lesen, die für Erwachsene geschrieben sind, und mein Vater, der etwas anderes meint, sagt nichts, weil ich nun mal in den Zuständigkeitsbereich meiner Mutter falle und mein Vater es in entscheidenden Fragen nicht wagt, gegen diese Weltordnung aufzubegehren. Jedenfalls betrete ich zum ersten Mal eine Bibliothek, und es verschlägt mir die Sprache, so viele Bücher an einem Ort zu sehen. Die Kinderbibliothekarin heißt Helga Mollerup und ist bei den Kindern im Viertel bekannt und beliebt, denn wenn sie zu Hause kein Licht oder keine Heizung haben, dürfen sie im Lesesaal sitzen, bis die Bibliothek um fünf Uhr nachmittags schließt. Sie machen Hausaufgaben oder blättern in Büchern, und Fräulein Mollerup setzt sie nur vor die Tür, wenn sie zu viel Lärm veranstalten, denn hier soll es so still sein wie in einer Kirche. Sie fragt mich, wie alt ich bin, und sucht mir Bücher heraus, die sich ihrer Meinung nach für eine Zehnjährige eignen. Sie ist groß und schlank und hübsch, mit dunklen, lebhaften Augen. Ihre Hände sind groß und schön, aber ich betrachte sie mit einem gewissen Respekt, denn es heißt, sie könnte festere Ohrfeigen verteilen als jeder Mann. Sie ist genauso gekleidet wie meine Klassenlehrerin, Fräulein Klausen, in einem ziemlich langen, glatten Rock und einer Bluse mit einem kurzen, weißen Kragen. Im Gegensatz zu Fräulein Klausen scheint sie jedoch nicht an einer unüberwindbaren Abneigung gegen Kinder zu leiden, ganz im Gegenteil. Ich werde an einen Tisch gesetzt, mit einem Kinderbuch vor mir, dessen Verfasserin und Titel ich glücklicherweise vergessen habe. Ich lese: »›Papi, Diana hat Junge!‹ Mit diesen Worten trat ungestüm ein junges, schlankes Mädchen von fünfzehn Jahren in das Zimmer, in welchem sich außer dem Angeredeten, dessen Frau und dem Prediger des Ortes noch Besuch aus der Nachbarschaft befand« usw. usf. Seite für Seite. Ich bin nicht in der Lage, das zu lesen. Es erfüllt mich mit Traurigkeit und einer unerträglichen Langeweile. Ich kann nicht verstehen, wie man die Sprache, dieses feine und sensible Instrument, derart grausam misshandeln kann, und wie diese unmöglichen Sätze Eingang in ein Buch finden können, das in die Bibliothek gelangt, wo eine reizende und kluge Dame wie Fräulein Mollerup es auch noch unschuldigen Kindern empfiehlt. Solche Gedanken kann ich zu dem Zeitpunkt aber noch gar nicht äußern, deshalb begnüge ich mich damit, ihr zu sagen, dass die Bücher langweilig sind und ich lieber etwas von Zacharias Nielsen oder Vilhelm Bergsøe lesen würde. Fräulein Mollerup sagt, die Kinderbücher würden schon noch spannend werden, wenn man nur geduldig genug weiterläse, bis die Handlung anfange. Erst als ich weiter darauf beharre, zu den Regalen mit der Erwachsenenliteratur vorgelassen zu werden, gibt sie verwundert nach und bietet mir an, ein paar Bücher für mich zu holen, wenn ich ihr sage, welche, denn ich darf nicht selbst dort hinein. »Eins von Victor Hugo«, sage ich. »Das heißt Ügo«, erklärt sie lächelnd und tätschelt mir den Kopf. Ich schäme mich nicht dafür, dass sie meine Aussprache korrigiert, doch als ich mit *Die Elenden* nach Hause komme und mein Vater voller Anerkennung sagt: »Victor Hugo, ja, der ist gut!«, erkläre ich belehrend und altklug, er würde es falsch aussprechen, das heiße »Ügo«. »Mich kümmert es einen feuchten Kehricht, wie das heißt«, erwidert er gelassen. »All diese Namen sollte man so aussprechen, wie man sie auch schreibt. Alles andere ist Wichtigtuerei.« Es ist völlig aussichtslos, nach Hause zu kommen und meinen Eltern zu erzählen, was die Leute jenseits unserer Straße gesagt haben. Als die Schulzahnärztin eines Tages meint, ich solle meine Mutter bitten, mir eine Zahnbürste zu kaufen, und ich so dumm bin, es zu Hause zu erzählen, faucht meine Mutter: »Du kannst ihr ausrichten, dass sie dir gern selbst eine Zahnbürste kaufen darf!« Wenn meine Mutter einmal Zahnschmerzen hat, schlägt sie sich erst eine Woche lang damit herum, in der ihr verzweifeltes Jammern im ganzen Haus zu hören ist. Anschließend beratschlagt sie sich im Treppenhaus mit irgendeiner Nachbarin, die ihr empfiehlt, ein bisschen Schnaps auf einen Wattebausch zu geben und ihn auf den kranken Zahn zu pressen, womit sie erfolglos weitere Tage zubringt. Erst dann wirft sie sich in ihren feinsten Zwirn und begibt sich auf die Vesterbrogade zu unserem Kassenarzt. Der nimmt eine Kneifzange und zieht den Zahn, woraufhin sie eine Zeitlang Ruhe hat. Ein Zahnarzt kommt nie ins Spiel.

In der Sekundarschule sind die Mädchen besser gekleidet und weniger rotznasig als in der Grundschule. Außerdem hat auch keins von ihnen Läuse oder eine Hasenscharte. Mein Vater hat gesagt, jetzt ginge ich in eine Klasse mit den »Kindern der Bessergestellten«, aber deshalb solle ich nicht auf mein eigenes Zuhause herabsehen. Tatsächlich sind die Väter der meisten Kinder Handwerker, und ich mache einen »Maschinisten« aus meinem Vater, weil ich finde, das klingt besser als Heizer. Das vornehmste Mädchen in der Klasse hat einen Vater, der Inhaber eines Friseursalons auf dem Gasværksvej ist. Sie heißt Edith Schnoor und lispelt vor lauter Wichtigkeit. Unsere Klassenlehrerin heißt Fräulein Mathiassen und ist eine kleine, lebhafte Dame, der das Unterrichten offensichtlich Freude macht. Zusammen mit Fräulein Klausen, Fräulein Mollerup und der Rektorin an der alten Schule, die einer Hexe glich, weckt sie in mir die unwiderrufliche Vorstellung, dass sich Frauen im Beruf nur durchsetzen können, wenn sie keine Brüste haben. Abgesehen von meiner Mutter haben alle Hausfrauen in unserer Straße einen riesigen Busen, den sie selbstbewusst herausstrecken und vor sich hertragen. Ich frage mich, wie das kommt. Fräulein Mathiassen ist die einzige weibliche Lehrerin, die wir haben. Sie hat bemerkt, dass ich Gedichte mag, und vor ihr kann ich mich nicht dumm stellen. Ich muss mich damit begnügen, das in den Fächern zu tun, die mich nicht interessieren, was allerdings auch ziemlich viele sind. Ich mag nur Dänisch und Englisch. Unser Englischlehrer heißt Damsgaard und neigt zu Temperamentsausbrüchen. Dann schlägt er auf den Tisch und ruft: »Das werd ich euch schon noch eintrichtern, bei meiner Seel!« Diesen harmlosen Fluch benutzt er so häufig, dass es nicht lange dauert, bis er nur noch

»bei meiner Seel« heißt. Einmal trägt er uns einen Satz vor, den er als besonders kompliziert ankündigt, und bittet mich, ihn zu wiederholen. Der Satz geht so: »In reply to your inquiry I can particularly recommend you the boarding house at eleven Woburn Place. Some of my friends stayed there last winter and spoke highly about it.« Er lobt meine korrekte Aussprache, und das ist der Grund dafür, dass ich diesen albernen Satz niemals vergessen werde.

Alle Mädchen in meiner Klasse haben Poesiealben. Als ich meiner Mutter lange genug in den Ohren gelegen habe, bekomme ich auch eins. Es hat einen braunen Einband, auf dem in Goldschrift »Poesie« steht. Ich lasse ein paar Mädchen die üblichen Verse hineinschreiben, und dazwischen platziere ich einige meiner eigenen Gedichte mit meinem Namen und der Jahreszahl darunter, damit die Nachwelt nicht daran zweifelt, was für ein Wunderkind ich war. Ich verstecke es im Schlafzimmer in einer Kommodenschublade unter einem Stapel Handtücher und Putzlappen, wo ich es halbwegs vor profanen Blicken geschützt glaube. Doch eines Abends sind Edvin und ich allein zu Hause, weil meine Eltern mit meiner Tante und meinem Onkel Karten spielen. Früher war Edvin abends immer unterwegs, aber seit er in die Lehre geht, ist er dafür zu müde. Er sagt, es sei ein schlechter Arbeitsplatz, und bittet und bettelt bei meinem Vater oft um Erlaubnis, sich eine andere Lehrstelle suchen zu dürfen. Wenn das nicht hilft, wird er laut und droht, er werde von zu Hause abhauen und zur See fahren und noch einiges mehr. Dann schreit mein Vater ebenfalls, und wenn sich schließlich auch noch meine Mutter in den Streit einmischt und auf Edvins Seite schlägt, herrscht in unserem Wohnzimmer ein Spektakel, das beinahe den Krawall unten bei Rapunzel übertönt. Es ist Edvins Schuld, dass die Ruhe im Wohnzimmer jetzt fast jeden Abend gestört wird, und manchmal wünschte ich, er würde mit seinen Drohungen ernst machen und ausziehen. Jetzt sitzt er mürrisch und verschlossen da und blättert im *Social-Demokraten,* während nur die tickende Uhr an der Wand die Stille stört. Ich mache Hausaufgaben, aber das Schweigen zwischen uns bedrückt mich. Er starrt mich mit seinen dunklen, nachdenklichen Augen an, die plötzlich genauso schwermütig sind wie die meines Vaters. Dann sagt er: »Musst du nicht bald mal ins Bett, verdammter Mist? Nie ist man in dieser verfluchten Wohnung allein!« »Dann geh doch ins Schlafzimmer«, erwidere ich gekränkt. »Das mache ich auch«, murmelt er, schnappt sich die Zeitung, geht hinaus und knallt die Tür hinter sich zu. Kurz darauf höre ich zu meiner Verwunderung und Verunsicherung ein brüllendes Gelächter von dort drinnen. Was ist bloß so lustig? Edvin sitzt mit meinem Poesiealbum in der Hand auf dem Bett meiner Mutter. Er kann sich gar nicht mehr einkriegen. Mit hochrotem Kopf gehe ich auf ihn zu und strecke die Hand aus. »Gib mir das Buch«, sage ich und stampfe auf den Boden. »Du hast kein Recht dazu, es zu nehmen.« »Oh mein Gott!«, stöhnt er und kringelt sich erneut vor Lachen. »Das ist wirklich zum Schießen! Du steckst voller Lügen. Hör dir das mal an.« Dann liest er, unterbrochen von Lachanfällen:

Weißt du noch, wie einst den Strom entlang wir glitten?
Das ruhige Wasser regte sich kaum,
es spiegelte den hellen Mond.
Alles war wie ein schöner Traum.

Plötzlich ließest du das Ruder los,
das Boot kam fast zum Stehen,
und sagtest du auch nichts, mein Liebster,
in deinem Blick konnt ich das Feuer sehen.

Dann nahmst du mich in deine Arme
und küsstest zärtlich meinen Mund
Ach, niemals werd ich sie vergessen
– die wonnevolle Stund.

»Oh mein Gott! Hahaha!« Er wirft sich auf den Rücken und lacht weiter, und mir kommen die Tränen. »Ich hasse dich«, rufe ich. »Ich wünschte, du würdest in einer Mergelgrube versinken!« Nach diesen Worten will ich aus der Tür stürzen, als Edvins irres Lachen plötzlich einen neuen, beunruhigenden Klang annimmt. Ich drehe mich in der Tür um und sehe ihn auf dem Bauch auf der gestreiften Bettwäsche meiner Mutter liegen, das Gesicht in der Ellenbeuge verborgen. Mein kostbares Buch ist auf den Boden gefallen. Edvin schluchzt hemmungslos und untröstlich, und ich bin entsetzt. Zögernd gehe ich zum Bett, traue mich aber nicht, ihn anzufassen, so etwas sind wir ja nicht gewohnt. Ich trockne meine eigenen Tränen mit dem Ärmel meines Kleids und sage: »Das mit der Mergelgrube habe ich nicht so gemeint, Edvin. Ich … ich weiß nicht mal, was das eigentlich ist.« Er schluchzt weiter, ohne etwas zu erwidern, ehe er sich plötzlich umdreht und mich verzweifelt ansieht. »Ich hasse den Meister und die Gesellen«, sagt er. »Sie … verprügeln mich … den ganzen Tag, und ich werde nie lernen, wie man Autos lackiert. Sie schicken mich immer nur zum Bierholen. Ich hasse Vater, weil ich mir keine neue Stelle suchen darf. Und wenn man dann nach Hause kommt, ist man nie allein. Hier gibt es keine einzige Ecke, wo man etwas für sich haben kann.« Ich sehe auf mein Poesiealbum herab und sage: »Ich habe doch auch nichts für mich, und die Eltern genauso wenig. Sie sind nicht mal allein, wenn sie …, wenn sie …« Er sieht mich überrascht an und hört auf zu weinen. »Nein, verdammt«, sagt er traurig, »darüber habe ich noch nie nachgedacht.« Er steht auf und schämt sich, weil seine Schwester ihn in einem Moment der Schwäche erlebt hat. »Was soll's«, sagt er mit belegter Stimme, »das wird bestimmt alles besser, wenn man von zu Hause auszieht.« Ich stimme ihm zu. Dann gehe ich hinaus und zähle die Eier in der Speisekammer. Ich nehme mir zwei und sortiere die anderen neu, damit sie nach mehr aussehen. »Jetzt mache ich uns ein Zuckerei«, rufe ich ins Wohnzimmer und beginne mit der Zubereitung. In diesem Moment mag ich Edvin viel lieber als in all den Jahren, wo er nur unerreichbar und wundervoll war, gut aussehend und fröhlich. Es war nicht richtig menschlich, dass er nie über irgendetwas traurig zu sein schien.

ELF

Gerda ist in anderen Umständen und Blechschnauze über alle Berge. Ruth sagt, er hätte Frau und Kinder, und ich solle mich bloß nie mit einem verheirateten Mann einlassen. Ich kann mir genauso wenig vorstellen, mich mit einem unverheirateten einzulassen, aber das behalte ich für mich. Meine Mutter sagt, sie würde mich vor die Tür setzen, wenn ich mit einem Kind nach Hause komme. Gerda wird nicht vor die Tür gesetzt. Sie hat nur aufgehört, in der Fabrik zu arbeiten, wo sie 25 Kronen in der Woche verdiente, und bleibt mit ihrem dicken Bauch zu Hause und singt und trällert den lieben langen Tag, damit man auch ja hört, dass sie nicht den Mut verloren hat. Ihr goldener Zopf wurde längst abgeschnitten, und in meinem Herzen nenne ich sie nicht mehr Rapunzel, obwohl das Mädchen aus dem Märchen sogar Zwillinge bekommen hatte, als der erblindete Prinz sie in der Wüstenei findet. Das wird so harmlos und beiläufig geschildert, dass man es leicht überlesen kann, und als ich klein war, dachte ich nie darüber nach, wie es eigentlich dazu kommen konnte. Letztes Jahr bekam Olga, die Tochter des Hausmeisters, ein Kind mit einem Soldaten, der ebenfalls spurlos verschwand, aber zum einen war sie schon über achtzehn, zum anderen heiratete sie anschließend einen Polizisten, der es nicht so eng sah, wer der Vater des Kindes war. Wenn ich Frauen mit einem dicken Bauch begegne, bemühe ich mich immer, nur in ihr Gesicht zu starren, in dem ich vergeblich nach Zeichen jenes überirdischen Glücks suche, das Johannes V. Jensen in einem Gedicht beschreibt: »Ich trage in meiner gespannten Brust einen süßen, ängstlichen Lenz.« Sie haben jedoch nie einen verklärten Ausdruck im Gesicht, so, wie ich später einmal, wenn ich ein Kind erwarten werde, da bin ich sicher. Ich bin gezwungen, solche Verse in Prosabüchern zu finden, weil mein Vater es nicht billigt, wenn ich Gedichtbände aus der Bibliothek nach Hause trage. »Schwärmerei«, sagt er verächtlich, »die haben nichts mit der Wirklichkeit zu tun.« Die Wirklichkeit hat mich noch nie interessiert, und ich dichte nie über sie. Als ich Herman Bangs *Am Wege* lese, greift mein Vater das Buch mit spitzen Fingern und sagt voller Abscheu: »Von dem darfst du nichts lesen. Der war nicht normal!« Ich weiß genau, wie schlimm es ist, nicht normal zu sein, ich habe ja selbst meine liebe Not damit, so zu tun, als wäre ich es. Deshalb tröstet es mich, dass Herman Bang es auch nicht war, und lese das Buch im Lesesaal fertig. Als ich zum Ende komme, weine ich. »Unterm Rasen jetzt begraben / arme Marianna / wie wir sie betrauert haben / arme Marianna.« Ich möchte Gedichte schreiben, die wie diese klingen, und die jeder verstehen kann. Wenn es nach meinem Vater geht, soll ich auch nichts von Agnes Henningsen lesen, weil sie »ein öffentliches Frauenzimmer« ist, ohne dass er sich bemühen würde, das weiter auszuführen. Sollte er je das Buch mit meinen Gedichten sehen, würde er es sicher verbrennen. Seit Edvin es gefunden und sich darüber lustig gemacht hat, trage ich es immer bei mir, tagsüber in meiner Schultasche und ansonsten in meinem Hosenbund, wo das Gummi dafür sorgt, dass es nicht herausfällt. Nachts liegt es unter meiner Matratze. Später sagt Edvin im Übrigen einmal, die Gedichte würden ihm eigentlich gefallen, wenn sie bloß von jemand anderem geschrieben worden wären als mir. Sobald man wisse, dass alles erstunken und erlogen sei, könne man nicht anders, als sich darüber totzulachen. Ich freue mich über sein Lob, denn dass alles erlogen ist, stört mich nicht. Ich weiß, dass man manchmal lügen muss, um die Wahrheit zum Vorschein zu bringen.

Wir haben neue Nachbarn, nachdem Ketty und ihre Mutter rausgeworfen worden sind. Es ist ein älteres Ehepaar mit einer Tochter namens Jytte. Sie arbeitet in einem Schokoladenladen, und abends besucht sie uns oft, wenn mein Vater Nachtschicht hat. Dann amüsieren meine Mutter und sie sich köstlich, denn meine Mutter versteht sich am besten mit Damen, die jünger sind als sie selbst. Jytte bringt Edvin und mir oft Schokolade mit, die wir mit gutem Appetit essen, obwohl mein Vater meint, sie sei bestimmt gestohlen. Einmal wird mir Jyttes Großzügigkeit fast zum Verhängnis. Als ich von der Schule nach Hause komme, fragt meine Mutter: »Na, war das heute nicht ein besonders feines Pausenbrot?« Ich werde rot und stammle und weiß nicht, worauf sie hinauswill. Ich werfe mein Pausenbrot immer unbesehen weg, weil es in Zeitungspapier eingewickelt ist. Die der anderen sind in Butterbrotpapier verpackt, was meine Mutter niemals einsehen würde. »Doch«, antworte ich verzweifelt, »es war lecker.« »Ich wüsste zu gern, ob sie die Sachen wirklich mitgehen lässt«, sagt meine Mutter redselig. »Man sollte doch meinen, dass der Besitzer so was mitbekommt.« Da verstehe ich erleichtert, dass Schokolade im Pausenbrot gewesen sein muss, und ich bin glücklich, weil das ein Liebesbeweis ist. Es wundert mich sehr, dass meine Mutter noch nie bemerkt hat, wenn ich sie anlüge. Umgekehrt glaubt sie mir fast nie, wenn ich die Wahrheit sage. Ich habe das Gefühl, einen Großteil meiner Kindheit damit zu verbringen, ihren Charakter zu ergründen, und dennoch bleibt sie stets genauso geheimnisvoll und beunruhigend. Das Schlimmste ist vielleicht, dass sie tagelang beleidigt sein kann und sich weigert, mit einem zu reden oder zu hören, was man zu sagen hat, und man nie erfährt, womit man sie eigentlich gekränkt hat. Meinem Vater gegenüber ist sie genauso. Einmal, als sie Edvin verhöhnte, weil er mit Mädchen spielte, sagte mein Vater: »Ach komm. Mädchen sind doch wohl auch eine Art Menschen.« »Da sieh einer an«, sagte meine Mutter, kniff ihre Lippen fest zusammen und öffnete sie nicht wieder, ehe mindestens acht Tage vergangen waren. Im Grunde stimmte ich ihr zu, denn natürlich dürfen Mädchen und Jungen nicht miteinander spielen. In der Schule dürfen sie es ja auch nicht, es sei denn, sie sind Geschwister. Ein Junge kann sich allerdings auch nicht mit seiner kleinen Schwester blicken lassen, und wenn es sich nicht vermeiden lässt, dass Edvin und ich dieselbe Straße entlanggehen, muss ich drei Schritte hinter ihm laufen und darf mir auf keinen Fall anmerken lassen, dass ich ihn kenne. Ich bin nicht vorzeigbar. Meine Mutter sieht das genauso, denn als ich zum Gründungsfest im Folkets Hus mitkommen soll, gibt sie sich alle Mühe, halbwegs etwas aus mir zu machen. Sie versengt mein plattes, strohblondes Haar mit dem Lockenstab und fordert mich energisch dazu auf, meine Zehen einzuziehen, damit sie in ein Paar Schuhe passen, die wir von Jytte geliehen haben. »Ach, sie ist doch auch so hübsch genug«, sagt mein Vater tröstend, während er sich mit dem Kragen seines weißen Hemdes abmüht, das er sich eigens zu diesem Anlass gekauft hat. Edvin ist jetzt so erwachsen, dass es ihm schlechte Laune macht, mit seiner Familie ausgehen zu müssen, aber dafür verkneift er sich die übliche liebenswürdige Bemerkung, ich sei so hässlich, dass ich nie einen Mann finden würde. Es ist ein ganz besonderer Abend, denn nachdem Stauning seine Rede an die Arbeiter gehalten hat, wird er allen Unterstützern von Vesterbro ein Geschenk überreichen, und dazu gehört auch mein Vater. Sonntag für Sonntag trabt er die Treppen im Viertel auf und ab, um Mitglieder für die Wählervereinigung zu werben, und meine Mutter bringt ihn zur Verzweiflung, indem sie ihn einmal im Monat wieder abmeldet, wenn jemand an die Tür kommt, um den Mitgliedsbeitrag in Höhe von 50 Öre einzusammeln. Dann stößt er eine Menge Flüche aus, schnappt seinen alten Hut und stürzt dem Mann hinterher, um wieder einzutreten. Meine Mutter nährt einen unbestimmten Hass gegen Stauning und die Partei und deutet ab und zu an, dass mein Vater einmal etwas so beinahe Kriminelles gewesen sei wie Kommunist. Sie spricht das Wort nie laut aus, das traut sie sich nicht, aber manchmal denke ich an das verbotene Buch, das er in meiner frühen Kindheit immer las, das mit der roten Flagge, zu der die glückliche Arbeiterfamilie aufsieht, also ist an ihren Andeutungen wohl etwas dran.

Mein Herz schlägt schneller, als Stauning ans Rednerpult tritt, und ich bin mir sicher, meinem Vater geht es genauso. Stauning spricht wie immer, ich verstehe höchstens die Hälfte. Aber ich genieße es, seiner ruhigen, tiefen Stimme zu lauschen, die sich wie Balsam auf meine Seele legt und mir versichert, dass uns nichts Böses widerfahren kann, solange es Stauning gibt. Er spricht von der Einführung des Acht-Stunden-Tags, obwohl das noch lange dauern wird. Außerdem spricht er über die Gewerkschaften und die kriminellen Streikbrecher, die an keinem Arbeitsplatz geduldet werden dürften. Auf der Stelle schwöre ich mir, Stauning und dem lieben Gott, dass ich niemals eine Streikbrecherin werde. Nur als er auf die Kommunisten zu sprechen kommt, die der Partei schaden und sie spalten, hebt er die Stimme zu einem zornigen Donnern, das jedoch kurz darauf wieder übergeht in eine milde, beinahe freundliche Erklärung der Arbeitslosigkeit, für die ihn nicht nur meine Mutter verantwortlich macht. Doch nein, sie sei einzig und allein eine Folge der weltweiten Depression, sagt er, und das Wort erscheint mir wohlklingend und ansprechend. Ich stelle mir eine trauernde Welt vor, auf der alle Menschen die Gardinen zugezogen und das Licht ausgeschaltet haben, während der Regen von einem grauen und trostlosen Himmel ohne einen einzigen Stern herabregnet. »Und jetzt«, sagt Stauning schließlich, »habe ich das große Vergnügen, unseren tüchtigen Helfern zum Dank für ihr Engagement in unserer großen Sache eine Prämie zu überreichen!« Ich werde ganz rot vor Stolz darüber, dass mein Vater dabei ist, und sehe zu seinem Platz hinüber. Er zwirbelt nervös seinen Schnurrbart und lächelt mir zu, als wüsste er, dass ich seine Freude teile. Der Streit über die Lehrstelle sorgt nach wie vor für eisige Stimmung zwischen ihm und Edvin, der aussieht, als würde er gleich einschlafen. Dann erwähnt Stauning jeden Namen laut und deutlich, gibt den Männern nacheinander die Hand und überreicht ihnen ein Buch. Mir verschwimmt die Sicht, als mein Vater an die Reihe kommt. Das Buch, das er erhält, heißt *Dichtung und Werkzeug,* und Stauning hat den Namen meines Vaters und ein paar anerkennende Zeilen auf das Titelblatt geschrieben. Auf dem Heimweg sagt mein Vater, der immer noch ganz aufgekratzt ist von all der Ehre: »Das darfst du lesen, wenn du erwachsen bist. Du magst doch Gedichte.« Meine Mutter und Edvin sind nicht dabei. Sie wollten anschließend noch auf dem Ball tanzen, was nichts für meinen ernsten Vater ist, und ich bin ja noch ein Kind. Anschließend stellt meine Mutter das Buch im Regal so weit nach hinten, dass man es nicht sehen kann, wenn die Glastür geschlossen ist. »Das ist ja eine feine Bezahlung dafür, jeden heiligen Sonntag die Treppenstufen abzulaufen«, sagt sie höhnisch zu meinem Vater. »Und dann redet er von Streikbrechern und Unterbezahlung. Du liebe Güte!« Auch meinem Vater sind seine Freuden nicht vergönnt.

ZWÖLF

Die Zeit verging, und die Kindheit wurde dünn und platt wie Papier. Sie war müde und fadenscheinig, und an schlechten Tagen sah es nicht so aus, als würde sie halten, bis ich erwachsen war. Anderen fiel das auch auf. Immer wenn Tante Agnete bei uns war, rief sie: »Meine Herren, bist du groß geworden!« »Tja«, erwiderte meine Mutter und betrachtete mich mitleidig, »jetzt müsste sie nur noch Form annehmen.« Sie hatte recht. Ich war flach wie eine Anziehpuppe, und die Kleider schlackerten von meinen Schultern herab wie von einem Drahtbügel. Meine Kindheit sollte andauern, bis ich vierzehn wurde, aber was sollte ich machen, wenn sie schon vorher aufgebraucht war? Auf die wesentlichen Fragen bekam man nie eine Antwort. Neidvoll beäugte ich Ruths Kindheit, die fest und glatt war, ohne einen einzigen Riss. Sie sah aus, als würde sie Ruth überleben, so dass jemand anders sie erben und vielleicht auch verschleißen konnte. Ruth war das gar nicht bewusst. Wenn mir die Jungs auf der Straße nachriefen: »Wie ist die Luft da oben, Schwester?«, schleuderte sie ihnen so wüste Schimpftiraden und Verwünschungen hinterher, dass sie erschrocken das Weite suchten. Sie wusste, dass ich verletzlich und auf den Mund gefallen war, und sie verteidigte mich immer. Doch Ruth war mir nicht mehr genug. Fräulein Mollerup auch nicht, weil sie sich um eine Menge Kinder gleichzeitig kümmern musste und ich bloß eines von vielen war. Ich träumte davon, einen Menschen zu finden, nur einen einzigen, dem ich meine Gedichte zeigen könnte, und der sie loben würde. Großmama würde sie anstößig finden, Edvin darüber lachen. Ich hatte angefangen, viel über den Tod nachzudenken, und ich stellte ihn mir als einen Freund vor. Ich bildete mir ein, dass ich gern sterben würde, und einmal, als meine Mutter in die Stadt gegangen war, nahm ich unser Brotmesser und säbelte in der Hoffnung, meine Pulsader zu finden, an meinem Handgelenk herum. Währenddessen heulte ich Rotz und Wasser beim Gedanken an meine verzweifelte Mutter, die sich bald schluchzend über meine Leiche werfen würde. Es passierte aber nicht mehr, als dass ich mir ein paar Schnittwunden zuzog, von denen ich heute noch blasse Narben habe. Mein einziger Trost in dieser unsicheren, wankenden Welt bestand darin, Gedichte wie diese zu schreiben:

Einst war ich jung und schön und glühend,
so voller Freude und Schalk.
Wie eine zarte Rose, erblühend.
Jetzt bin ich vergessen und alt.

Damals war ich zwölf. Ansonsten waren meine Gedichte immer noch »voller Lügen«, wie Edvin sagte. In den meisten ging es um die Liebe, und man hätte glauben können, ich lebte ein leichtsinniges Leben voller aufregender Eroberungen.

Ich war überzeugt, dass ich sofort in eine Besserungsanstalt geschickt werden würde, wenn meine Eltern jemals ein Gedicht wie dieses fänden:

Frohlockend spürte ich, mein Freund,
als wir in Küssen uns verloren:
Allein für diesen Augenblick
ward ich einmal geboren.

Nun ist der vage Jugendtraum verflogen,
des Lebens Lust strömt voller Kraft.
Mein Freund, ich bin dir stets gewogen,
du lehrtest mich die Leidenschaft.

Ich schrieb Liebesgedichte an den Mann im Mond, an Ruth – oder überhaupt niemanden. Ich hatte das Gefühl, meine Gedichte würden die wunden Stellen meiner Kindheit überziehen wie die feine, neue Haut, die sich unter Schorf bildet, ehe er ganz abfällt. Ob meine erwachsene Gestalt daraus geformt werden würde? In dieser Zeit war ich fast immer bedrückt. Der Wind der Straße wehte so kalt durch meinen hochgeschossenen, dünnen Körper, den die Welt mit missbilligenden Blicken bedachte. In der Schule starrte ich die Lehrer an, wie ich alle erwachsenen und fertigen Menschen anstarrte, und einmal trat eine Vertretung im Gesangsunterricht an meinen Platz heran und sagte leise, aber deutlich: »Dein Gesicht gefällt mir nicht.« Ich ging nach Hause und starrte es im Spiegel über der Kommode an. Es war blass, mit runden Wangen und erschrockenen Augen. Über meine oberen Vorderzähne verlief eine Reihe kleiner Einkerbungen, die davon herrührten, dass ich früher Rachitis gehabt hatte. Das wusste ich von der Schulzahnärztin, die sagte, diese Krankheit sei eine Folge von Mangelernährung. Ich behielt es natürlich für mich, denn so etwas durfte man besser nicht zu Hause erzählen. Da ich mir meine zunehmende Schwermut nicht erklären konnte, dachte ich, jetzt hätte die »weltweite Depression« auch mich befallen. Zudem dachte ich häufig an meine frühe Kindheit zurück, die niemals wiederkäme, und hatte das Gefühl, damals wäre alles besser gewesen. Abends setzte ich mich auf die Fensterbank und schrieb in mein Poesiealbum:

Zarte Saiten, die reißen,
kann man nicht wieder zusammenbinden,
ohne dass erstirbt ihr Klang,
dass ihre Töne schwinden.

Damals gab es noch keinen Kai Friis Møller, der mir ins Ohr flüsterte: »Hüten Sie sich vor der umgekehrten Wortstellung, Fräulein Ditlevsen.« Meine literarische Bildung zu dieser Zeit bestand aus Kirchen- und Volksliedern und den Dichtern der 1890er Jahre.

Eines Morgens wachte ich auf und fühlte mich ganz elend. Ich hatte Halsweh und fror, als ich aufstand. Ich fragte meine Mutter, ob ich zu Hause bleiben dürfe, aber sie runzelte nur die Stirn und bat mich, sie mit solchen Faxen zu verschonen. Mit unerwarteten Ereignissen oder unangemeldetem Besuch konnte sie nicht umgehen. Glühend vor Fieber ging ich in die Schule und wurde schon in der ersten Stunde wieder nach Hause geschickt. In der Zwischenzeit war meine Mutter ebenfalls zur Besinnung gekommen und hatte akzeptiert, dass ich krank war. Ich schlief ein, kaum dass ich wieder im Bett lag, und als ich aufwachte, war meine Mutter mitten in einem Großputz. Sie hängte gerade saubere Gardinen im Schlafzimmer auf und drehte sich zu mir um, als ich nach ihr rief. »Gut, dass du aufwachst«, sagte sie, »der Doktor kommt gleich, hoffentlich schaffe ich das alles rechtzeitig.« Ich hatte fürchterliche Angst vor dem Kassenarzt, und meine Mutter auch. Als sie die Betten frisch bezogen und mit einer Haarnadel meine Ohren ausgeschabt hatte, klingelte es, und sie stürzte nervös hinaus, um die Tür zu öffnen. »Guten Tag«, sagte sie ehrfurchtsvoll. »Bitte entschuldigen Sie vielmals die Umstände …« Weiter kam sie nicht, ehe sie der Arzt mit einem heftigen Hustenanfall unterbrach. Während er hustete und in sein Taschentuch spuckte, scheuchte er sie mit seinem Stock beiseite und polterte: »Schon gut!«, sobald er wieder Luft bekam. »Diese ganzen Treppen … bringen mich noch um. Und man kommt ja zu nichts. Auf diese Weise kann man keine Praxis führen. Ich erinnere mich noch gut an Sie, Sie sind doch die mit den Zähnen. Aber wer ist denn jetzt krank, in Gottes Namen? Ach, Ihre Tochter. Wo zur Hölle liegt sie denn? Hier, ach ja.« Meine Mutter ging voran und führte ihn zu mir, und der Arzt zog unter großen Mühen seinen Bauch ein, als er sich am Ehebett vorbeischieben musste, um zu mir zu gelangen. »Na!«, brüllte er und beugte sein Gesicht über mich. »Was fehlt dir denn? Du schwänzt doch wohl nicht?« Er sah abscheulich aus, und ich zog mir die Decke bis unter die Nase. Er fixierte mich mit seinen schwarzen Glubschaugen, und ich hätte am liebsten gesagt, dass wir, nur weil wir arm waren, noch lange nicht taub sein mussten. Seine Hände waren stark behaart, und aus jedem Ohr ragte ein dickes, schwarzes Haarbüschel. Er verlangte lautstark nach einem Löffel, und meine Mutter wäre fast über ihre eigenen Füße gestolpert, als sie in die Küche stürzte, um einen zu holen. Der Arzt leuchtete mir mit einer kleinen Lampe in den Hals, tastete ihn von außen auf beiden Seiten ab und fragte dann drohend: »In deiner Schule geht die Diphterie um, was? Sind in deiner Klasse auch welche krank?« Ich nickte. Dann verzog er den Mund, als hätte er gerade etwas Saures gegessen, und schrie: »Sie hat Diphterie! Sie muss umgehend ins Krankenhaus. Teufel auch!« Meine Mutter warf mir einen vorwurfsvollen Blick zu, als hätte sie nicht von mir erwartet, dass ich einem so vielbeschäftigten Doktor eine derartige Unverschämtheit bieten würde. Wutschnaubend packte der Arzt seinen Stock und stapfte ins Wohnzimmer, um die Überweisung auszustellen, und ich geriet in Panik. Ins Krankenhaus! Meine Gedichte! Wo sollte ich sie jetzt verstecken? Dann überfiel mich erneut der Schlaf, und als ich wieder aufwachte, saß meine Mutter auf der Bettkante. Sie fragte ganz sanft, ob ich etwas haben wolle, und um ihr einen Gefallen zu tun, bat ich sie um ein Stück Schokolade, obwohl ich wusste, dass ich es gar nicht würde herunterschlucken können. Jytte sei Dank hatten wir jetzt immer Schokolade im Haus. Während wir auf den Krankenwagen warteten, erklärte ich ihr, ich würde gern mein Poesiealbum mitnehmen, für den Fall, dass im Krankenhaus jemand etwas hineinschreiben wolle. Sie hatte nichts dagegen. Im Krankenwagen saß sie neben mir und strich mir die ganze Zeit über die Stirn und die Hände. Ich konnte mich nicht erinnern, dass sie das je zuvor getan hatte, und es machte mich verlegen und glücklich zugleich. Wenn ich die Straße entlangging oder in Läden stand, beobachtete ich stets mit einer Mischung aus Freude und Neid, wenn Mütter ihre kleinen Kinder auf den Arm nahmen oder liebkosten. Vielleicht hatte meine Mutter das früher auch einmal getan, aber ich konnte mich nicht daran erinnern. Im Krankenhaus wurde ich in einem großen Saal untergebracht, in dem Kinder jeden Alters lagen. Wir hatten alle Diphterie, die meisten waren genauso krank wie ich. Mein Poesiealbum legte ich in eine Schublade, und keiner wunderte sich darüber, dass ich es besaß. Obwohl ich drei Monate dort war, erinnere ich mich kaum noch an den Aufenthalt. Während der Besuchszeit stand meine Mutter vor dem Fenster und rief zu mir hinein. Kurz bevor ich nach Hause durfte, sprach sie mit dem Oberarzt, der sagte, ich litte unter Blutarmut und Untergewicht. Beides kränkte meine Mutter, die in der ersten Zeit nach meiner Heimkehr Roggenmehlgrütze und andere mästende Speisen für mich kochte, obwohl mein Vater arbeitslos war. Während meiner langen Abwesenheit hatte Ruth sich mit der dicken, weißhaarigen Minna angefreundet, der Tochter des Hausmeisters, die bald dreizehn wurde, und mit der sie jetzt immer bei den Mülltonnen stand, obwohl sie für diesen Aufstieg noch gar nicht alt genug war. Ich fühlte mich einsam und im Stich gelassen. Nur die Nacht, der Regen und mein stiller Abendstern – und mein Poesiealbum – spendeten mir in dieser Zeit einen schwachen Trost. Ich schrieb ausschließlich Gedichte wie diese:

Wehmütige, rabenschwarze Nacht
Hüllst sanft mich ins Dunkel ein,
das meine Seele so ruhig und rein
und meine Glieder dösig macht.

Regen wie stilles Weinen
prasselst leise gegen die Scheiben.
Mein Kopf sinkt auf das Kissen,
ich spüre das kühle Leinen.

Nur im Schlaf bin ich geborgen.
Liebe Nacht, du hast mir viel gegeben.
Morgen erwach ich zu neuem Leben,
beschwert mit den ewigen Sorgen.

Eines Tages sagte mein Bruder zu mir, ich solle versuchen, meine Gedichte an eine Zeitschrift zu verkaufen. Ich glaubte nicht, dass jemand Geld dafür zahlen würde. Das war mir allerdings auch egal, solange sie bloß jemand druckte, aber diesem »Jemand« würde ich wohl nie begegnen. Wenn ich erwachsen wäre, sollten meine Gedichte natürlich in einem richtigen Buch stehen. Ich wusste nur nicht, wie das gehen sollte. Mein Vater wüsste es bestimmt, aber er hatte gesagt, ein Mädchen könne nicht Dichter werden, deshalb wollte ich es ihm nicht erzählen. Außerdem genügte es mir vorerst, die Gedichte zu schreiben, mir war es nicht eilig damit, sie einer Welt zu zeigen, die bisher nur Gelächter oder Verachtung dafür übrig gehabt hatte.

DREIZEHN

Onkel Peter hat Großmama auf dem Gewissen. Zumindest sagen das meine Eltern und Tante Rosalia. Er und Tante Agnete hatten sie am Tag des Heiligen Abends abgeholt, als draußen ein heftiger Schneesturm tobte. Zu dritt warteten sie dann mindestens eine Viertelstunde auf die Straßenbahn, und trotz seines märchenhaften Reichtums kam Onkel Peter nicht auf die Idee, ihnen ein Taxi zu spendieren. Am Abend hatte Großmama dann eine Lungenentzündung, und sie betteten sie auf einen Diwan im Salon, der zu Weihnachten zwar immer geheizt wird, aber meine Mutter sagt, man wisse ja, wie klamm es in einem Zimmer sei, das bis auf drei Tage im Jahr immer kalt stehe. Hier lag Großmama dann ganz Weihnachten über und empfing Besuch von uns allen, und sie war sich vollkommen sicher, dass sie sterben würde. Wir anderen glaubten es nicht. Großmama lag in einem weißen hochgeschlossenen Nachthemd da, und ihre schmalen Hände, die an die meiner Mutter erinnerten, krabbelten die ganze Zeit unruhig über die Decke, als würden sie vergeblich nach etwas Wichtigem suchen. Jetzt, da sie ihre Brille nicht aufhatte, konnte man sehen, dass ihre Nase lang und spitz war, und ihre Augen tiefblau und sehr klar, und dass sie einen strengen, unbeugsamen Zug um den Mund hatte, wenn sie gerade nicht lächelte. Sie sprach unablässig von ihrer Beerdigung und den 500 Kronen, die sie durch die skandalöse Pleite der Landmandsbank verloren hatte. Meine Mutter und meine Tanten lachten aus ganzem Herzen und sagten: »Du wirst schon eine anständige Beerdigung bekommen, liebe Mutter, wenn es eines Tages soweit ist.« Ich glaube, ich war die einzige, die sie ernst nahm. Sie war immerhin 76 Jahre alt, da konnte es meiner Meinung nach nicht mehr ganz so lange dauern. Wir einigten uns darauf, welche Lieder gesungen werden sollten: »Kirchenglocke, nicht für große Städte wardst du gegossen« und »Hast deine Hand gelegt auf Gottes Pflug«. Letzteres war gar kein Trauerlied, aber Großmama und ich mochten es beide sehr gern und sangen es oft zusammen, wenn ich sie besuchte. Meinerseits lag auch ein wenig Aufbegehren in der Wahl. Mein Vater hasste dieses Kirchenlied mehr als alle anderen, weil die Strophe: »Wenn Tränen deine Stimme brechen, denk an die güldne Ernte« seiner Meinung nach ein Beweis für die Arbeiterfeindlichkeit der Kirche war.

Ich hätte so gerne selbst ein Lied für Großmama geschrieben, aber ich konnte es nicht. Ich hatte es so oft versucht, doch meine Versuche waren den alten Liedern immer so ähnlich gewesen, dass ich betrübt aufgab. Am dritten Weihnachtstag geschah etwas Fürchterliches. Die drei Schwestern saßen an Großmamas Bett, und Onkel Peter hielt sich gerade im Wohnzimmer auf, als es plötzlich klingelte, und eine meiner Cousinen die Tür öffnete und den Schluckspecht hereinließ, der sich in einem entsetzlichen Zustand den Weg zum Krankenlager bahnte. Tante Rosalia schlug die Hände vors Gesicht und brach in Tränen aus. Der Schluckspecht langte nach ihr aus und brüllte, jetzt solle sie verdammt noch mal endlich nach Hause kommen, sonst würde er ihr alle Knochen brechen. Onkel Peter eilte hinzu und packte den sturzbetrunkenen Mann, und wir Kinder wurden aus dem Salon gescheucht. Ein furchtbarer Tumult entstand, wir hörten Frauenschreie und mittendrin Großmamas ruhige und gebieterische Stimme, die versuchte, an die möglicherweise noch vorhandenen Reste seiner Vernunft zu appellieren. Dann wurde es plötzlich still, und später erfuhren wir, dass Onkel Peter den Schluckspecht gewaltsam vor die Tür gesetzt hatte. Er hatte nie zuvor Zutritt zu dieser Wohnung gehabt. In unserer Straße war es dasselbe. Entweder tranken die Männer – und das war die Mehrzahl – oder sie nährten einen tiefen Hass gegen jene, die es taten. Als sich Großmamas Zustand verschlechterte und der Arzt sagte, sie würde diese Krise wohl kaum überstehen, durfte ich sie nicht mehr besuchen. Meine Mutter war Tag und Nacht bei ihr und kehrte mit roten Augen und niederschmetternden Nachrichten nach Hause. Auch nachdem Großmama gestorben war, durfte ich sie nicht sehen, Edvin wurde es jedoch erlaubt. Er sagte, sie habe genauso ausgesehen, wie als sie noch lebte. Bei der Beerdigung war ich aber dabei. Ich saß in der Kirche von Sundby neben meiner Mutter und Tante Rosalia, und schon während der Predigt bekam ich einen hysterischen Lachanfall. Es war so schlimm, dass ich mir das Taschentuch vor Mund und Nase presste und hoffte, man würde glauben, ich weinte, genau wie die anderen. Zum Glück liefen mir auch die Tränen. Ich war schockiert darüber, dass ich angesichts des Todesfalls nichts empfand. Ich hatte Großmama wirklich lieb gehabt, und noch dazu wurden die Lieder gesungen, die wir ausgesucht hatten. Warum konnte ich dann nicht trauern? Lange nach der Beerdigung wurde meine Bettdecke durch Großmamas ausgetauscht, das einzige, was meine Mutter geerbt hatte. Als ich mich abends damit zudeckte, strömte mir

Großmamas Geruch nach sauberer Wäsche entgegen, und erst da weinte ich und verstand, was passiert war. Oh, Großmama, nie mehr wirst du mich singen hören. Nie mehr wirst du mir echte Butter aufs Brot schmieren, und alles, was du mir nicht über dein Leben erzählt hast, wird jetzt nie mehr verraten werden. Lange weinte ich mich jeden Abend in den Schlaf, denn der Geruch blieb in der Decke hängen.

VIERZEHN

»Gnade dir Gott, wenn du nicht schleunigst die Wringmaschine ablieferst«, sagt meine Mutter und wirft das schwere Gerät zu mir hinüber, so dass ich beiseite springen muss, um es nicht auf die Füße zu bekommen. Sie steht im Waschkeller über den dampfenden Kessel gebeugt, und ich weiß, dass sie an diesem einen Tag im Monat nicht ganz zurechnungsfähig ist. Allerdings stecke ich in einer fürchterlichen Lage. Sie hat mir zehn Öre gegeben, um die Leihgebühr für die Maschine zu zahlen, dabei beträgt sie inzwischen fünfzehn Öre. Schon beim letzten Mal war sie um fünf Öre gestiegen, und ich musste versprechen, die fehlenden fünf nächstes Mal nachzuzahlen. Also sind es jetzt zwanzig, und ich habe nur zehn. »Aber Mutter«, sage ich kleinlaut, »ich kann doch nichts dafür, dass sie die Preise erhöht haben.« Sie hebt den Kopf und streicht sich das feuchte Haar aus dem Gesicht. »Sieh zu, dass du endlich loskommst«, sagt sie drohend, und ich verlasse den dampfenden Raum und gehe hinaus in den Hof, wo ich in den grauen Himmel hinaufsehe, als würde ich Hilfe von oben erwarten. Es ist spät am Nachmittag, und neben den Mülltonnen steht das übliche Grüppchen und steckt die Köpfe zusammen. Ich wünschte, ich wäre eine von ihnen. Ich wünschte, ich wäre wie Ruth, die so klein ist, dass sie in der Mitte des Pulks verschwindet. »Tach, Tove!«, ruft sie fröhlich, denn sie hat nicht das Gefühl, mich im Stich gelassen zu haben. »Tach«, erwidere ich und schöpfe plötzlich Hoffnung. Ich gehe hinüber und winke Ruth herbei. Dann erkläre ich ihr meine Misere, und sie sagt: »Ich komme mit. Ich werde das Ding schon irgendwie los. Gib mir die zehn Öre, das ist besser als nichts.« Alles scheint unkompliziert für Ruth, die sich auch nie über das Verhalten der Erwachsenen wundert. Ich wundere mich eigentlich auch nicht mehr besonders, wenn es um meine Mutter geht, deren unberechenbare Launen ich akzeptiert habe. In der Sundevedsgade angekommen, bleibe ich fluchtbereit an der Ecke stehen, während sich Ruth in den Laden drängelt, die Maschine zusammen mit den zehn Öre auf den Tresen knallt und wieder zu mir stürzt. Wir rennen bis zum Amerikavej, wo wir atemlos stehen bleiben und genauso losprusten wie in alten Zeiten, wenn wir etwas Gefährliches hinter uns gebracht hatten. »Die Alte hat hinter mir hergeschrien«, japst Ruth. »Das kostet fünfzehn Öre, hat sie geschrien, ist aber mit ihrem fetten Bauch nicht schnell genug an der Maschine vorbeigekommen. Das war echt zum Piepen.« Die klaren Tränen zeichnen Streifen auf ihr hübsches kleines Gesicht, und ich bin glücklich und dankbar. Auf dem Heimweg fragt Ruth, warum ich nicht auch zu den Mülltonnen mitkäme. Die großen Mädchen seien so lustig, sagt sie. Sie hätten einen solchen Spaß. Und wenn Ruth alt genug sei, um dabei zu sein, wäre ich es doch wohl auch. Als wir wieder im Hof ankommen, sind nur Minna und Grete bei den Mülltonnen. Was Ruth an Minna findet, verstehe ich nicht. Grete wohnt im Vorderhaus mit ihrer alleinerziehenden Mutter, die Näherin ist wie meine Tante. Sie geht in die siebte Klasse, und ich kenne sie kaum. Ihr gestricktes Oberteil offenbart zwei winzige Wölbungen, wie sie mir bedauerlicherweise fehlen. Wenn sie lacht, kann man sehen, dass ihr Mund schief ist. In der Ecke ist es schummrig, und von den Mülltonnen weht ein widerlicher Gestank herüber. Die beiden großen Mädchen sitzen auf den Deckeln, und Minna rückt gastfreundlich zur Seite, um Ruth Platz zu machen. Daraufhin stehe ich in der Gegend herum wie ein Stock und weiß nicht, was ich sagen soll. Diesem Aufstieg habe ich jahrelang entgegengesehen, und jetzt bin ich unsicher, ob sich das Warten wirklich gelohnt hat. »Gerda bekommt bald ihr Kind«, sagt Grete und schlägt ihre Hacken gegen die Mülltonne. »Es wird sicher genauso schwachsinnig wie Schön-Ludwig«, sagt Minna eifrig, »das kommt davon, wenn sie im Suff gezeugt werden.« »Quatsch«, entgegnet Ruth, »dann wären wir ja alle schwachsinnig.« So reden sie die ganze Zeit, und sie haben über jeden etwas Gemeines oder Schmutziges zu sagen. Ich überlege, ob sie wohl genauso über mich sprechen, sobald ich ihnen den Rücken zukehre. Kichernd erzählen sie von Sauferei und Hurerei und geheimen, unaussprechlichen Verbindungen. Grete und Minna wollen ihre Jungfräulichkeit allerspätestens eine Stunde nach ihrer Konfirmation los sein, werden sich aber davor hüten, Kinder zu bekommen, bevor sie achtzehn sind. Das alles weiß ich sowieso längst von Ruth, und das Gespräch bei den Mülltonnen kommt mir totlangweilig und traurig vor. Es bedrückt mich und weckt in mir die Sehnsucht, wegzukommen vom Hof und der Straße und den hohen Mietshäusern. Bisher bin ich nur bis zur Vesterbrogade gelangt, wenn ich drei Pfund gleichgroße Kartoffeln beim Gemüsehändler kaufen sollte, der mir immer ein Bonbon schenkte und später als »Mister X mit dem Bohrer« enttarnt wurde. Tagsüber stand er bescheiden in seinem kleinen Laden, nachts spielte er Katz und Maus mit der Polizei und brach in sämtliche Postämter der Stadt ein. Es dauerte viele Jahre, bis er überführt wurde. Ich bin in Gedanken ganz woanders, als Ruth plötzlich sagt: »Tove hat einen Schatz!« Die beiden Großen können sich vor Lachen kaum halten. »Das stimmt ja wohl nicht«, sagt Minna, »dafür ist sie doch viel zu brav.« »Doch, es stimmt«, behauptet Ruth und lächelt mich breit und ganz ohne Bosheit an. »Und ich weiß auch, wer es ist. Es ist Locken-Charles. Hahahaha!« Sie krümmen sich vor Lachen, und ich lache am lautesten. Ich tue es, weil Ruth nur für ein bisschen Stimmung sorgen wollte, dabei finde ich nichts daran lustig. Gerda schleppt sich mit durchgebogenem Rücken über den Hof, und das Lachen verstummt. Sie trägt ein Netz mit klirrenden Bierflaschen in der Hand. Ihr kurzes Haar ist dunkler als früher, und sie hat braune Flecken im Gesicht. Ich wünsche mir schnell, dass sie ein hübsches kleines und normalbegabtes Kind bekommt. Ein Mädchen, so hoffe ich für sie, mit goldenem Haar und einem langen dicken Zopf. Vielleicht war Gerda in Blechschnauze verliebt, denn das Herz einer Frau ist unergründlich. Vielleicht weint sie sich nachts in den Schlaf, auch wenn sie am Tag noch so sehr trällert und lächelt. Einst stand auch sie bei den Mülltonnen und verkündete lauthals, was passieren würde, wenn sie vierzehn Jahre alt wäre. Ich möchte den Konventionen auf diesem Gebiet nicht folgen. Ich möchte es nicht machen, ehe ich einen Mann treffe, den ich liebe, aber bislang hat noch kein Mann oder Junge je in meine Richtung geblickt. Ich möchte keinen »zuverlässigen Handwerker, der den Wochenlohn direkt nach Hause bringt und nicht trinkt«. Dann werde ich lieber eine alte Jungfer, worauf sich meine Eltern mittlerweile wohl sowieso eingestellt haben. Mein Vater redet immer davon, dass ich einmal »eine feste Stelle mit Aussicht auf eine Rente« annehmen soll, wenn ich mit der Schule fertig bin, aber das erscheint mir genauso schrecklich wie der Handwerker. Wenn ich an die Zukunft denke, laufe ich ständig gegen Mauern, weshalb ich die Kindheit so lange wie möglich hinauszögern will. Einen anderen Ausweg sehe ich nicht, und als mich meine Mutter vom Fenster aus ruft, verlasse ich erleichtert die einst so heißbegehrten Mülltonnen und gehe hinauf. »Na«, fragt sie freundlich, »hast du die Wringmaschine abgeliefert?« »Ja«, sage ich nur, und sie lächelt mich an, als hätte ich erfolgreich eine schwierige Aufgabe gelöst, die sie mir gestellt hat.

FÜNFZEHN

Fräulein Mathiassen hat mich gebeten, zu Hause zu fragen, ob ich aufs Gymnasium gehen darf, und das, obwohl ich in der Abschlussprüfung nicht darauf antworten konnte, wie lange der Dreißigjährige Krieg dauerte. Ich werde es wohl nie lernen, solche Scherze zu durchschauen. Fräulein Mathiassen sagt, ich sei begabt und solle weiter die Schule besuchen dürfen. Das würde ich auch gern, aber ich weiß ja, dass wir es uns nicht leisten können. Trotzdem frage ich ohne große Hoffnungen meinen Vater, der mit einer merkwürdigen Empörung darauf reagiert und abfällig über Emanzen und weibliche Abiturientinnen spricht, die hässlich und eingebildet seien. Einmal sollte er mir dabei helfen, einen Aufsatz über Florence Nightingale zu schreiben, hatte aber nichts anderes über sie zu sagen, als dass sie große Füße und Mundgeruch gehabt hätte, und so musste ich mich stattdessen mit Fräulein Mollerup beratschlagen. Ansonsten hat mein Vater viele meiner Aufsätze geschrieben und immer gute Noten von Fräulein Mathiassen bekommen. Es ging erst schief, als er einen Aufsatz über Amerika schrieb, der mit den Worten endete: »Amerika galt einmal als Land der Freiheit. Früher bedeutete das die Freiheit, man selbst zu sein, zu arbeiten und Land zu besitzen. Jetzt bedeutet es die Freiheit zu verhungern, weil man kein Geld mehr hat, um sich etwas zu essen zu kaufen.« »Was um alles in der Welt meinst du mit diesem Erguss?«, fragte meine Klassenlehrerin.

Das konnte ich ihr auch nicht genau sagen, und unsere Leistung wurde nur als »befriedigend« eingestuft. Nein, ich darf nicht aufs Gymnasium gehen, und ich darf auch nur noch für kurze Zeit Kind sein. Ich soll die Schule beenden und konfirmiert werden und eine Stelle in irgendeinem Haushalt antreten, wo es richtig viel zu tun gibt. Die Zukunft ist ein monströser, übermächtiger Koloss, der bald auf mich herabstürzen und mich zertrümmern wird. Meine zerfetzte Kindheit flattert um mich herum, und kaum habe ich das eine Loch gestopft, taucht an einer anderen Stelle ein neues auf. Deshalb bin ich verletzlich und reizbar. Ich gebe meiner Mutter Widerworte, und sie sagt triumphierend: »Jaja, warte nur ab, bis du unter Fremden bist!« Ihre größte Sorge gilt Edvin, zu dem ich eine enge Verbindung habe, seit er gegen unsere Eltern aufbegehrt. Weil ich keine tief verwurzelten oder schmerzlichen Gefühle mit ihm verbinde, kann er mir anvertrauen, was er will, ohne etwas zu befürchten. Mein Vater dachte hingegen immer, aus Edvin würde einmal etwas Großes werden, weil er als Kind so viele Talente besaß. Er konnte singen und Gitarre spielen, und in den Schulaufführungen bekam er immer die Rolle des Prinzen. Alle Mädchen in der Schule und im Hof schwärmten für ihn, und da wir in dieselbe Schule gingen, fragten mich die Lehrer immer erstaunt: »Und dieser hübsche, kluge Junge ist dein Bruder?« Außerdem freute es meinen Vater, dass er in der dänischen Arbeiterjugend war und mit Leib und Seele für die Partei eintrat. Mein Vater sagte gern, Minister, die noch nie eine Schaufel in der Hand gehabt hätten, zählten für ihn nicht, und wer weiß, welche Zukunft er sich einmal für Edvin erträumt hatte? Doch jetzt sind alle Träume geplatzt. Edvin wartet nur auf den goldenen Tag, an dem er

Geselle geworden ist und selbst die armen Lehrlinge tyrannisieren kann. Außerdem wartet er darauf, endlich achtzehn zu werden, denn dann zieht er von zu Hause aus und nimmt sich ein Zimmer, wo er seine Ruhe hat. Er möchte an einem Ort leben, wo er auch Damenbesuch empfangen darf, denn da ist meine Mutter ziemlich unnachgiebig. In ihren Augen sind alle jungen Mädchen feindliche Elemente und nur darauf aus, einen Handwerker zu heiraten und sich von ihm versorgen zu lassen, obwohl sich meine Eltern die Ausbildung vom Mund abgespart haben. »Und jetzt, wo er selbst Geld verdient und einen Teil davon zurückzahlen könnte, haut er natürlich ab«, sagt meine Mutter verbittert zu meinem Vater. »Diese Flausen hat ihm bestimmt irgendein Mädchen in den Kopf gesetzt.« So etwas sagt sie immer, wenn die beiden abends ins Bett gehen und glauben, ich würde schon schlafen. Ich verstehe Edvin sehr gut, denn dies ist kein Zuhause, in dem man bleiben kann, und wenn ich achtzehn Jahre alt werde, möchte ich auch ausziehen. Gleichzeitig verstehe ich, dass mein Vater enttäuscht ist. Kürzlich, als er und Edvin sich wieder einmal stritten, sagte Edvin, Stauning würde trinken und hätte Affären. Mein Vater lief zornesrot an und verpasste ihm eine so schlimme Ohrfeige, dass er zu Boden ging. Ich hatte nie zuvor gesehen, wie mein Vater Edvin schlug, und mich hat er nie geschlagen. Eines Abends lagen meine Eltern wieder im Bett und diskutierten das Problem, und mein Vater sagte, sie sollten Edvin erlauben, seine Freundin nach Hause einzuladen. »Er hat keine, jedenfalls keine feste«, sagte meine Mutter nur knapp. »Doch«, erwiderte mein Vater, »sonst wäre er doch nicht jeden Abend unterwegs. Auf diese Weise vertreibst du ihn nur selbst aus dem Haus.« Wie immer, wenn mein Vater ein seltenes

Mal auf etwas beharrte, musste meine Mutter nachgeben, und am nächsten Tag fragten sie Edvin, ob er seine Freundin nicht am Abend zum Kaffee nach Hause einladen wolle. Ich weiß einiges über Solvejg, aber gesehen habe ich sie noch nie. Ich weiß, dass mein Bruder und sie sich lieben und heiraten wollen, wenn er Geselle geworden ist. Ich weiß auch, dass er bei ihr zu Hause ein- und ausgeht und ihre Eltern ihn sehr mögen. Er hat sie auf einem Ball im Folkets Hus kennengelernt. Sie wohnt im Enghavevej und ist siebzehn, genau wie er. Ihr Vater ist Fahrradmechaniker und hat eine Werkstatt auf der Vesterbrogade, und sie selbst hat eine Ausbildung als Damenfriseurin gemacht und verdient eine Menge Geld.

Der Abend kam, und wir verfolgten ängstlich jede Regung unserer Mutter. Ich half ihr dabei, unsere einzige weiße Decke auf den Tisch zu legen, und Edvin versuchte verzweifelt, ihren Blick zu erhaschen, um ihr zuzulächeln. Er hatte seinen Konfirmationsanzug an, dessen Ärmel und Beine zu kurz waren. Mein Vater trug seinen Sonntagsanzug, saß vorn auf der Sofakante und fummelte nervös an seinem Krawattenknoten herum, als wäre er selbst zu Besuch. Ich holte die Platte mit den Sahnetörtchen und stellte sie in die Mitte des Tischs. Dann klingelte es, und mein Bruder stolperte fast über seine eigenen Füße, als er zur Tür rannte, um sie zu öffnen. Ein helles Lachen erklang draußen im Flur, und meine Mutter kniff den Mund zusammen und schnappte sich ihr Strickzeug und strickte wie besessen drauflos. »Guten Tag«, sagte sie knapp und reichte Solvejg die Hand, ohne aufzusehen. »Setzen Sie sich doch.« Meine Mutter hätte genauso gut sagen können, sie solle sich zum Teufel scheren, aber Solvejg schien die angespannte Stimmung gar nicht anzufallen. Sie nahm lächelnd Platz, und ich fand sie sehr hübsch. Ihr hellblondes Haar war zu einem Kranz geflochten, sie hatte rosige Wangen mit tiefen Grübchen, und ihre dunkelblauen Augen schienen immer zu lächeln. Sie bemerkte nicht, wie unsicher wir waren. Sie wiederum sprach auf eine fröhliche und selbstsichere Art, und als wäre sie es gewohnt, anderen Menschen Befehle zu erteilen. Sie erzählte von ihrer Arbeit, von ihren Eltern, von Edvin und wie sehr sie sich freue, endlich sein Zuhause kennenzulernen. Meine Mutter sah immer verbissener aus und strickte im Akkord. Schließlich fiel es Solvejg doch auf, denn sie sagte: »Das ist schon merkwürdig! Wenn Edvin und ich heiraten, werden Sie ja meine Schwiegermutter.« Darüber lachte sie unbefangen, allerdings als einzige, und plötzlich brach meine Mutter in Tränen aus. Es war unglaublich peinlich, und keiner von uns wusste, was wir tun sollten. Sie weinte, während sie weiterstrickte, aber ihr Weinen hatte nichts Ergreifendes oder Berührendes an sich. »Alfrida!«, sagte mein Vater mahnend, obwohl er sie sonst nie beim Vornamen nannte. Ich griff verzweifelt nach der Kaffeekanne. »Möchten Sie nicht noch eine Tasse?«, fragte ich Solvejg und schenkte ihr schwungvoll nach, ohne ihre Antwort abzuwarten. Ich dachte, dann würde sie vielleicht denken, dass so etwas bei uns zum Alltag gehörte. »Danke«, sagte sie und lächelte mich an. Für einen Moment waren alle still. Mein Bruder starrte mit finsterem Blick auf die Tischdecke. Solvejg beschäftigte sich ausführlich damit, Sahne und Zucker in ihren Kaffee zu geben. Die Tränen strömten wie anhaltender Regen aus den verbittert niedergeschlagenen Augen meiner Mutter, und plötzlich schob Edvin so heftig seinen Stuhl zurück, dass er gegen die Anrichte fiel. »Komm, Solvejg«, sagte er, »wir gehen. Ich hatte schon befürchtet, dass sie alles kaputtmachen würde. Hör auf zu flennen, Mutter. Ich werde Solvejg heiraten, ob es euch passt oder nicht. Lebt wohl.« Mit Solvejg an der Hand stürzte er in den Flur und gab ihr nicht die Gelegenheit, sich zu verabschieden. Dann knallte die Tür zu. Erst in dem Moment nahm meine Mutter ihre Brille ab und wischte sich die Augen. »Da siehst du,«, sagte sie vorwurfvoll zu meinem Vater, »was dabei herausgekommen ist, dass er unbedingt in die Lehre gehen sollte. So eine Goldgrube wie ihn wird dieses Mädchen doch nie wieder aus seinen Fängen entlassen!« Mein Vater legte sich müde auf das Sofa, lockerte seine Krawatte und öffnete den obersten Hemdknopf. »Darum geht es nicht«, sagte er ohne Zorn, »aber auf die Weise jagst du deine eigenen Kinder aus dem Haus.«

Edvin brachte nie wieder ein Mädchen nach Hause, und als er später heiratete, bekamen wir seine Frau erst nach der Hochzeit zu sehen. Es war nicht Solvejg.

SECHZEHN

Der letzte Frühling meiner Kindheit ist kalt und windig. Er schmeckt nach Staub und riecht nach einem qualvollen Aufbruch und Wandel. In der Schule sind alle mit Prüfungs- und Konfirmationsvorbereitungen beschäftigt, doch mir erscheint beides sinnlos. Man braucht keinen Sekundarschulabschluss, um bei fremden Menschen zu putzen und zu waschen, und die Konfirmation ist der Grabstein auf einer Kindheit, die mir jetzt hell, geborgen und glücklich vorkommt. In dieser Zeit hinterlässt alles einen tiefen und unauslöschlichen Eindruck bei mir, und es ist, als würde ich mich sogar an vollkommen gleichgültige Bemerkungen mein Leben lang erinnern. Als ich mit meiner Mutter Konfirmationsschuhe kaufe, sagt sie im Beisein der Verkäuferin: »Tja, das werden die letzten Schuhe sein, die wir dir spendieren.« Das wirft ein beängstigendes Licht auf die Zukunft, und ich weiß nicht, wie ich mich selbst versorgen soll. Die Schuhe sind aus Brokat und kosten neun Kronen. Sie haben hohe Absätze, und weil ich nicht darin laufen kann, ohne umzuknicken, und meine Mutter außerdem meint, ich wäre damit so groß wie eine Giraffe, hackt mein Vater mit der Axt ein Stück davon ab. Das führt allerdings dazu, dass die Schuhspitzen nach oben ragen, aber ich müsse sie ja auch nur einen Tag lang tragen, sagt meine Mutter zum Trost. Edvin ist an seinem achtzehnten Geburtstag in ein Zimmer in der Bagerstræde gezogen, und jetzt schlafe ich auf dem Sofa im Wohnzimmer, was ich als weiteres unseliges Zeichen dafür deute, dass meine Kindheit vorbei ist. Hier kann ich nicht auf der Fensterbank sitzen, weil überall Geranien stehen, und man blickt nur auf den Platz mit dem alten grünen Zirkuswagen und auf die Zapfsäule mit dem großen, runden Licht, das mich einmal zu dem Ausruf veranlasste: »Der Mond ist runtergefallen, Mutter!« Ich weiß das nicht mehr, und überhaupt erinnern sich die Erwachsenen an ganz andere Dinge über einen als jene, die man selbst behält. Das weiß ich schon lange. Auch Edvins Erinnerung unterscheidet sich von meiner, und wenn ich ihn frage, ob er sich an das ein oder andere Erlebnis erinnert, das ich mit ihm zu teilen glaubte, verneint er es immer. Mein Bruder und ich mögen uns, aber wir können nicht gut miteinander reden. Wenn ich ihn auf seinem Zimmer besuche, öffnet mir seine Vermieterin die Tür. Sie hat einen schwarzen Damenbart und scheint unter dem gleichen Misstrauen zu leiden wie meine Mutter. »Seine Schwester«, sagt sie, »guter Witz. Ich hatte noch nie einen Untermieter mit so vielen Schwestern und Cousinen.« Edvins Situation ist nicht schön, auch wenn er jetzt ein ganzes Zimmer für sich hat. Er raucht Zigaretten und trinkt Bier und geht abends oft mit einem Freund tanzen, der Thorvald heißt. Sie waren zusammen in der Lehre und wollen einmal eine gemeinsame Werkstatt aufmachen. Ich habe Thorvald noch nie gesehen, da keiner von uns Gäste mit nach Hause bringen darf, egal welchen Geschlechts. Edvin ist unglücklich, weil Solvejg ihn verlassen hat. Eines Tages kam sie in das Zimmer, in dem sie jetzt endlich allein sein durften, und sagte, sie wolle ihn doch nicht heiraten. Edvin gibt meiner Mutter die Schuld, aber ich glaube, Solvejg hat einen anderen. Irgendwo habe ich nämlich gelesen, dass wahre Liebe nur umso mehr wächst, wenn sie auf Widerstand trifft, aber darüber schweige ich lieber, denn für Edvin ist der Gedanke, dass meine Mutter sie in die Flucht geschlagen hat, sicher erträglicher. Sein Zimmer ist ziemlich klein, und die Möbel sehen aus wie vom Sperrmüll. Ich besuche ihn nie besonders lange, weil zwischen unseren Sätzen große Pausen entstehen und seine Erleichterung, wenn ich gehe, genauso groß wirkt wie seine Freude, wenn ich komme. Meistens erzähle ich ihm kleine Anekdoten von zu Hause. Beispielsweise trage ich ein Paar Lederstiefel, die ich wie üblich von ihm geerbt habe. Mein Vater hat die Sohlen mit Firnis lackiert, damit sie länger halten, und auch den Spitzen ein paar Pinselstriche verpasst, weshalb sie sich nach oben biegen und ganz schwarz sind anstatt braun wie der Rest. Eines Tages warf mir meine Mutter ein paar Lappen hin und sagte: »Polier die Stiefel damit und wirf sie dann in den Kachelofen.« »Die Stiefel?«, fragte ich begeistert, und sie lachte lange und innig über mich. »Nein, du Dummkopf, die Lappen!«, sagte sie. Solche Geschichten heitern Edvin auf, deshalb erzähle ich sie ihm jetzt, da er nicht länger an unserem Alltag teilhat. Nichts ist mehr so wie früher. Nur die Istedgade ist noch die alte, und nun darf ich auch abends dorthin. Ich bin zusammen mit Ruth und Minna unterwegs, und Ruth scheint nicht zu bemerken, dass zwischen Minna und mir fast so etwas wie Hass besteht. Manchmal gehen wir in die Saxogade und besuchen Olga, Minnas große Schwester, die einen Polizisten geheiratet und ihre Schäflein ins Trockene gebracht hat. Olga versorgt das Kind, und ich darf es auf dem Arm halten. Es ist ein wunderbares Gefühl. Minna möchte auch einmal einen Mann mit Uniform heiraten, weil die so stattlich aussehen, wie sie sagt.

Dann werden sie in der Nähe der Hedebygade wohnen, denn da wohnen alle, wenn sie geheiratet haben. Ruth nickt beifallend und wünscht sich das gleiche Schicksal, das beide für sehr erstrebenswert halten. Ich lächle verschwörerisch, als würde auch ich einer solchen Zukunft entgegensehen, und wie immer fürchte ich, sie könnten mich durchschauen. Ich fühle mich wie eine Fremde in dieser Welt und kann mit niemanden über die erdrückenden Probleme sprechen, die mir der Gedanke an die Zukunft bereitet.

Gerda hat einen reizenden kleinen Jungen bekommen und stolziert mit ihm die Straße auf und ab, während ihre Eltern auf der Arbeit sind. Sie ist siebzehn, und man darf erst mit achtzehn Kinder bekommen. Und auch sonst ist sie nicht wohlgelitten, weil ihre Haltung und ihr Gebaren keinerlei Einsicht darüber erkennen lassen, dass sie sich ins Verderben gestürzt hat, womit auch die Weigerung einhergeht, das Mitleid anzunehmen, das ihr die Straße entgegenbringt. Alle sind empört darüber, dass sie den Korb voller Babykleidung ablehnte, den Olgas Mutter für sie gesammelt hatte. Stattdessen läuft sie fröhlich durch die Gegend und lässt sich auch über das angemessene Alter hinaus von ihren Eltern versorgen. »Wenn du das wärst«, sagt meine Mutter, »hätte ich dich schon längst rausgeworfen.« Oh, wie gern hielte ich mein eigenes kleines Kind in den Armen! Irgendwie würde ich es schon versorgen und alles hinbekommen. Wenn ich nur schon so weit wäre. Abends im Bett stelle ich mir vor, dass ich einen gut aussehenden und freundlichen jungen Mann treffe, den ich höflich darum bitte, mir einen großen Gefallen zu tun. Ich erkläre ihm, dass ich schrecklich gern ein Kind hätte, und frage ihn, ob er nicht dafür sorgen könne, dass ich eins bekäme. Er sagt ja, und dann beiße ich die Zähne zusammen und schließe die Augen und tue so, als würde das einem ganz anderen Mädchen passieren, einem, das mich nichts angeht. Anschließend möchte ich ihn nie wiedersehen. Aber in unserem Hof und auf der Straße gibt es keinen solchen Mann, und ich schreibe ein Gedicht in mein Poesiealbum, das mittlerweile ganz unten in der Schublade der Anrichte liegt:

Ein kleiner Schmetterling
Fliegt hoch hinaus ins Licht.
Lacht über alle Regeln,
Vernunft, Moral und Pflicht.

Berauscht vom Charme des Frühlings,
taumelt er dann vom Himmelszelt,
von goldnen Sonnenstrahlen getragen
auf unsere schöne Welt.

Und in die rosa Apfelblüte
die zart aus einer Knospe schaut,
fliegt schnell der kleine Schmetterling
und findet eine holde Braut.

Die wilde Irrfahrt endet,
indem die Blüte sanft sich schließt.
Oh, habt Dank, ihr Kleinen, jetzt weiß ich,
was die Liebe ist.

SIEBZEHN

Kaum war Großmama in ihrem Grab erkaltet, sorgte mein Vater dafür, dass wir alle aus der Kirche austraten. Der Ausdruck stammt von meiner Mutter, Großmama hat gar kein Grab. Ihre Asche liegt in einer Urne im Krematorium von Bispebjerg, und ich empfinde nichts, wenn ich dastehe und das dämliche Gefäß anstarre. Aber ich mache es oft, weil meine Mutter es möchte. Immer wenn wir da sind, weint sie ununterbrochen, und ich bekomme ein schlechtes Gewissen, wenn sie mich fragt: »Warum weinst du nicht? Bei der Beerdigung hast du doch auch geweint.« Jetzt, da Edvin weg ist, bin ich immer mit meiner Mutter zusammen, wenn ich nicht in der Schule sitze oder durch die Straßen streife. Ich bin auch mit ihr beim Ball im Folkets Hus gewesen, aber mit ihr zu tanzen war kein großes Vergnügen, weil ich sie um einen Kopf überrage und mich sehr groß und plump fühlte. Während sie gerade mit einem Herrn tanzte, kam ein junger Mann zu mir und forderte mich auf. Das war noch nie vorgekommen, und ich war kurz davor, ihm einen Korb zu geben, weil ich keine anderen Tanzschritte beherrsche als jene, die mir meine Mutter zu Hause im Wohnzimmer beibringt, wenn sie einen ihrer besseren Tage hat. Doch da hatte mir der junge Mann bereits den Arm um die Taille gelegt, und weil er gut tanzte, tat ich es auch. Währenddessen schwieg er beharrlich, und um irgendetwas zu sagen, fragte ich ihn, was er von Beruf sei. »Ich bin im Kurierkorps«, antwortete er knapp. Ich dachte, das hätte etwas mit »kurieren« zu tun, und er wäre Arzt. Das war nun wahrlich etwas anderes als ein »solider Handwerker«. Vielleicht würde er den ganzen Abend mit mir tanzen, und vielleicht war er schon dabei, sich in mich zu verlieben. Mein Herz schlug schneller, und ich lehnte mich ein ganz kleines bisschen an ihn. »Es wird Nacht, es wird Nacht, nimm dich vor Dieben in Acht«, sang er mir zur Musik ins Ohr. Plötzlich verstummte diese, und er stellte mich neben meiner Mutter ab, verbeugte sich steif und verschwand auf nimmer Wiedersehen. »Der war aber fesch«, sagte meine Mutter, »na, hoffentlich kommt er wieder.« Noch dazu sei er Arzt, prahlte ich und erzählte, dass er im Kurierkorps arbeite. »Große Güte!«, sagte meine Mutter lachend, »das ist doch nur ein Botendienst.«

Wir sind aus der Kirche ausgetreten, und deshalb bekomme ich nur eine weltliche Konfirmation. Das unterscheidet mich von allen anderen Mädchen in der Klasse, die zum Pfarrer gehen, aber es ist auch nicht weiter schlimm, denn ich habe es aufgegeben, ihnen ähneln zu wollen. An den Wochenenden besuchen sie sich reihum, wenn Victor Cornelius im Radio beim Samstagsball Klavier spielt und singt. Irgendwann werden auch Jungs eingeladen, und viele von meinen Klassenkameradinnen haben schon jemanden, mit dem sie gehen. Bei uns zu Hause gibt es kein Radio, und es ist schon lange nicht mehr lustig, die Kopfhörer aufzusetzen und zu horchen, ob es in dem Kristalldetektor knistert, den mein Bruder in der Schule gebaut hat. Und selbst wenn wir ein Radio gehabt hätten, wären meine Eltern nicht bereit gewesen, mir zu Ehren einen Samstagsball abzuhalten. Ich habe gerade Prüfungen, und es ist mir egal, ob ich gute oder schlechte Noten bekomme. Vielleicht bin ich trotzdem enttäuscht, nicht aufs Gymnasium gehen zu dürfen. Das darf nur eine meiner Klassenkameradinnen. Sie heißt Inger Nørgård und ist genauso groß und schlaksig wie ich. Sie macht nie etwas anderes, als zu lernen, und bekommt in allen Fächern die Bestnote. Die anderen sagen, dass aus ihr einmal eine alte Jungfer werden wird, deshalb muss sie auch Abitur machen. Ich habe mich noch nie ernsthaft mit ihr unterhalten, genauso wenig wie mit irgendjemandem sonst auf der Schule. Alles muss ich für mich behalten, und manchmal habe ich das Gefühl, ich wäre kurz vorm Ersticken. Ich habe aufgehört, abends mit Ruth und Minna auf die Istedgade zu gehen, denn mittlerweile bestehen ihre Gespräche nur noch aus kichernden Anspielungen auf irgendwelche Grobheiten und Obszönitäten, die sich in meiner zunehmend schutzlosen Seele nicht immer in feine, rhythmische Verse verwandeln lassen. Mit meiner Mutter spreche ich nur über Nichtigkeiten, über das Essen oder die Nachbarn unter uns. Mein Vater ist sehr schweigsam geworden, seit Edvin ausgezogen ist. Für ihn bin ich nur noch eine, die »gut auf den Weg gebracht« werden soll, mit all den schrecklichen Schritten, die er sich darunter vorstellt. Als ich wieder einmal meinen Bruder besuche, sagt er zu meinem Erstaunen, sein Freund Thorvald würde mich gern einmal kennenlernen. Er hat Thorvald erzählt, dass ich Gedichte schreibe, und fragt, ob ich sie dem Freund zeigen würde. Entsetzt verneine ich es, aber da erwidert mein Bruder, Thorvald würde einen Redakteur beim *Social-Demokraten* kennen, der meine Gedichte vielleicht drucken würde, wenn sie gut sind. Während er erzählt, wird Edvin von ständigen Hustenanfällen geschüttelt, weil er den Zelluloselack auf der Arbeit nicht verträgt. Schließlich willige ich ein und verspreche, am nächsten Abend mit meinem Poesiealbum wiederzukommen, und dann wird Thorvald sich die Gedichte ansehen. Thorvald ist auch Malergeselle, 18 Jahre alt und nicht verlobt. Letzteres musste ich unbedingt noch überprüfen, denn ich habe längst angefangen, von ihm als dem freundlichen jungen Mann zu träumen, der mich fast ohne Worte verstehen wird.

Mit dem Poesiealbum in der Tasche wandere ich am nächsten Abend in die Bagerstræde. Mit festem Blick sehe ich alle Menschen an, die mir entgegenkommen, denn bald bin ich berühmt, und sie werden stolz sein, mir auf meinem Weg zu den Sternen begegnet zu sein. Ich habe grässliche Angst, dieser Thorvald könnte über meine Gedichte lachen, wie es auch Edvin vor langer Zeit einmal getan hat. Ich stelle mir vor, dass er meinem Bruder ähnelt, allerdings einen schmalen, feinen Schnurrbart hat. Als ich in Edvins Zimmer gehe, sitzt Thorvald neben meinem Bruder. Er steht auf und gibt mir die Hand. Er ist klein und kräftig. Sein Haar ist blond und widerborstig, sein Gesicht mit Pickeln in allen Reifegraden übersät. Er ist eindeutig schüchtern und fährt sich die ganze Zeit mit der Hand durchs Haar, bis es in alle Richtungen absteht. Ich starre ihn entsetzt an, denn ich finde, dass ich ihm unmöglich meine Gedichte zeigen kann. »Das ist meine Schwester,« sagt Edvin überflüssigerweise. »Sie ist verflixt hübsch«, sagt Thorvald und rauft sich das Haar. Ich finde, das hat er nett gesagt, und ich lächle ihm zu, während ich mich auf den einzigen Stuhl im Zimmer setze. Man sollte sich nicht vom Aussehen der Leute beeinflussen lassen, denke ich, und vielleicht findet er mich wirklich hübsch. Jedenfalls ist er der erste Mensch, der es jemals gesagt hat. Ich ziehe das Buch aus meiner Tasche und halte es eine Weile in den Händen. Ich habe solche Angst, dass dieser einflussreiche Mensch meine Gedichte schlecht finden könnte. Ich weiß ja überhaupt nicht, ob sie gut sind. »Jetzt gib sie ihm schon«, sagt mein Bruder ungeduldig, und ich reiche Thorvald zögernd das Buch. Während er mit ernst gerunzelter Stirn darin blättert und liest, befinde ich mich in einer anderen Daseinsstufe. Ich bin aufgeregt, bewegt und ängstlich, als wäre das Buch ein zitternder, lebendiger Teil meiner selbst, das mit einem einzigen groben oder verletzenden Wort ausgelöscht werden könnte. Thorvald liest schweigend und ohne die Spur eines Lächelns auf dem Gesicht. Nach einer Weile schließt er das Buch, wirft mir mit seinen blassblauen Augen einen bewundernden Blick zu und sagt nachdrücklich: »Die sind verflucht gut!« Thorvalds Sprache erinnert mich an Ruths, die ebenfalls nur schwer einen Satz bilden kann, ohne ihn mit irgendeinem Kraftausdruck auszuschmücken. Aber auch danach soll man die Menschen nicht beurteilen, und in diesem Moment finde ich, Thorvald sieht sowohl klug als auch gut aus. »Meinen Sie wirklich?«, frage ich glücklich. »Da können Sie Gift drauf nehmen«, beteuert er, »die können Sie auf jeden Fall verkaufen.« »Sein Vater ist Schriftsetzer«, erklärt Edvin, »und er kennt alle Redakteure.« »Ja«, sagt Thorvald stolz, »das werden wir schon deichseln. Geben Sie mir das Buch doch einfach mit, dann zeige ich es dem Alten.« »Nein«, sage ich schnell und greife nach dem Buch. »Ich … ich möchte selbst dorthin gehen und sie diesem Redakteur zeigen. Sie müssen mir nur erklären, wo ich ihn finde.« »Abgemacht«, sagt Thorvald bereitwillig. »Ich sage es Edvin, und der wird es Ihnen sagen.« Ich stecke das Buch wieder in meine Schultasche und habe es eilig, nach Hause zu kommen. Ich möchte allein sein und von meinem Glück träumen. Jetzt ist alles gleichgültig. Die Konfirmation, erwachsen zu werden und unter Fremde zu kommen, alles ist gleichgültig bis auf die wundervolle Aussicht, auch nur ein einziges Gedicht in der Zeitung zu veröffentlichen.

Thorvald und Edvin halten Wort, denn ein paar Tage darauf habe ich einen Zettel in der Hand, auf dem steht: Redakteur Brochmann, Sonntagsbeilage, *Social-Demokraten,* Nørre Farimagsgade 49. Dienstag 14 Uhr. Ich ziehe meine Sonntagskleidung an, reibe mir das rosa Seidenpapier meiner Mutter über die Wangen, erzähle ihr, ich würde auf Olgas Kind aufpassen und spaziere zur Nørre Farimagsgade. In dem großen Gebäude finde ich die richtige Tür, auf der der Name des Redakteurs steht, und klopfe vorsichtig an. »Herein«, ertönt es von drinnen. Ich trete in ein Büro, in dem ein alter Mann mit weißem Bart hinter einem großen, vollbeladenen Schreibtisch sitzt. »Nehmen Sie Platz«, sagt er liebenswürdig und deutet mit der Hand auf einen Stuhl. Ich setze mich und werde von einer heftigen Schüchternheit überwältigt. »Also«, sagt er und nimmt kurz seine Brille ab. »Was führt Sie zu mir?« Weil ich kein Wort hervorbringe, weiß ich mir nicht anders zu helfen, als ihm das mittlerweile schon ziemlich schmuddelige Büchlein hinzustrecken. »Was ist das?« Er blättert darin und liest einige Gedichte halblaut. Dann sieht er mich über seinen Brillenrand hinweg an und fragt erstaunt: »Die sind aber ziemlich erotisch, was?« Ich laufe knallrot an und erwidere hastig: »Nicht alle.« Er liest weiter und sagt dann: »Stimmt, aber die erotischen sind die besten.« »Wie alt sind Sie?« »Vierzehn«, antworte ich. »Tja.« Er streicht sich unschlüssig über den Bart. »Ich bin ja nur für die Kinderseiten zuständig, und da können wir so was nicht drucken. Kommen Sie in ein paar Jahren wieder.« Er schlägt mein armes Buch zu und reicht es mir lächelnd. »Auf Wiedersehen, meine Liebe.« Irgendwie gelingt es mir, mich mit all meiner zerstörten Hoffnung durch die Tür zu schieben. Langsam und betäubt gehe ich durch den Frühling der Stadt, den Frühling der anderen, die jubelnde Verwandlung der anderen, das Glück der anderen. Ich werde nie berühmt sein, meine Gedichte sind nichts wert. Ich werde einen soliden Handwerker heiraten, der nicht trinkt, oder eine feste Stelle mit Rentenanspruch antreten. Nach dieser vernichtenden Enttäuschung vergeht sehr viel Zeit, ehe ich wieder in mein Poesiealbum schreibe. Doch selbst wenn sich niemand sonst für meine Gedichte interessiert, bin ich gezwungen, sie zu schreiben, denn sie dämpfen die Trauer und Sehnsucht in meinem Herzen.

ACHTZEHN

Bei den Vorbereitungen zu meiner Konfirmation ist die große Frage, ob der Schluckspecht eingeladen werden soll oder nicht. Er war noch nie bei uns, doch jetzt hat er plötzlich mit dem Trinken aufgehört. Er sitzt den ganzen Tag da und trinkt genauso viel Limonade, wie er vorher Bier getrunken hat. Meine Eltern sagen, das sei ein großes Glück für Tante Rosalia. Besonders glücklich sieht sie allerdings nicht aus, denn ihr Mann ist ganz gelb im Gesicht wegen seiner kranken Leber und wird wohl nicht mehr lange zu leben haben. Auch darüber könnte sie froh sein, meint die Familie. Jetzt darf ich sie gern besuchen, und man muss mich nicht länger davor beschützen, etwas zu sehen oder zu hören, was mir schaden könnte. Dabei hat sich Onkel Carl überhaupt nicht verändert. Er grummelt immer noch irgendetwas über die verkommene Gesellschaft und die unfähigen Politiker vor sich hin. Zwischendurch erteilt er kurze, telegrammartige Befehle, und Tante Rosalia gehorcht auf den kleinsten Wink, wie sie es schon immer getan hat. Die Limonadenflaschen reihen sich vor ihm auf, obwohl es unbegreiflich scheint, dass ein Mensch so viel Flüssigkeit in sich aufnehmen kann. Ich wundere mich über meine Eltern. Wenn man im Keller Kohle holt, begegnet man fast immer irgendeiner Alkoholleiche, die in einen zerlumpten Mantel gehüllt ihren Rausch ausschläft. Auf der Straße sind betrunkene Männer ein so vertrauter Anblick, dass sich niemand mehr nach ihnen umdreht. Im Hauseingang steht fast jeden Abend ein Grüppchen Männer und trinkt Bier und Schnaps, und nur die ganz kleinen Kinder fürchten sich vor ihnen. Aber Onkel Carl durften wir unsere ganze Kindheit über nicht sehen, dabei hätte es Tante Rosalia sicher über die Maßen gefreut. Nach langen Diskussionen zwischen meiner Mutter und meinem Vater und meiner Mutter und Tante Agnete wird der Beschluss getroffen, dass er mit zu meiner Konfirmation kommen darf. Genau wie der Rest der Familie mit Ausnahme meiner drei Cousinen, für die schlicht kein Platz mehr im Wohnzimmer ist. Meine Mutter ist gut gelaunt, weil etwas passieren wird, und wirft mir vor, ich sei undankbar und seltsam, da ich nicht verbergen kann, dass alle diese Vorbereitungen auf mich wirken, als würden sie einer ganz anderen Person gelten.

Die Prüfungen sind vorbei, und wir hatten eine Abschlussfeier in der Schule. Alle jubelten, das »rote Gefängnis« nun endlich verlassen zu dürfen, und ich jubelte am lautesten. Es quält mich sehr, dass ich mittlerweile gar keine echten Gefühle mehr zu besitzen scheine, sondern immer nur so tue, indem ich die Reaktionen der anderen nachahme. Offenbar muss immer alles einen Umweg nehmen, um mich zu berühren. Ich kann weinen, wenn ich in der Zeitung ein Foto von einer unglücklichen Familie sehe, die auf die Straße gesetzt wurde, aber wenn mir der gleiche alltägliche Anblick in der Wirklichkeit begegnet, berührt er mich nicht. Von Gedichten und poetischer Prosa werde ich nach wie vor ergriffen, aber die Dinge, die darin beschrieben werden, lassen mich vollkommen kalt. Aus der Wirklichkeit mache ich mir nur wenig. Als ich mich von Fräulein Mathiassen verabschiedete, fragte sie, ob ich schon eine Stelle gefunden hätte. Ich bejahte es und plauderte mit falscher Fröhlichkeit drauflos, dass ich in einem Jahr auf die Haushaltsschule gehen würde und bis dahin eine familiäre Stelle bei einer Dame hätte, auf deren Kinder ich aufpassen sollte. Alle anderen würden in einem Büro oder einem Laden anfangen, und ich schämte mich dafür, lediglich ein Hausmädchen zu werden. Fräulein Mathiassen betrachtete mich forschend mit ihrem klugen und freundlichen Blick. »Jaja,« sagte sie dann seufzend, »aber es ist wirklich schade, dass du nicht aufs Gymnasium gekommen bist.« Sobald die Konfirmation überstanden ist, werde ich meine Stelle antreten. Ich war mit meiner Mutter dort, um mich vorzustellen. Die Dame des Haushalts ist geschieden und behandelte uns mit herablassender Kälte. Sie sah nicht so aus, als wäre sie daran interessiert zu entdecken, dass ich Gedichte schrieb und nur die Zeit rumbringen wollte, bis ich in ein paar Jahren wieder zu Redakteur Brochmann vom *Social-Demokraten* gehen konnte. Die Wohnung war auch nicht sehr geschmackvoll eingerichtet, obwohl es natürlich sowohl einen Flügel als auch Teppiche gab. Tagsüber geht sie arbeiten, und währenddessen soll ich putzen, Essen kochen und auf ihren Sohn aufpassen. Nichts von alledem habe ich je gelernt, und ich weiß nicht, wie ich den 25 Kronen genügen soll, die ich als Monatslohn verdienen werde. Hinter mir liegen die Kindheit und die Schule, vor mir liegt das unbekannte und gefürchtete Leben unter Fremden. Zwischen diesen beiden Polen bin ich eingeklemmt und gefangen wie meine Füße in den langen spitzen Brokatschuhen. Ich sitze mit meinen Eltern im Odd Fellow-Palais und höre eine Rede, die davon handelt, dass die Jugend die Zukunft ist, auf die ganz Dänemark baut, und dass wir niemals unsere Eltern im Stich lassen dürfen, die so viel für uns getan haben. Alle Mädchen haben einen Strauß Nelken auf dem Schoß wie ich, und alle scheinen sich genauso sehr zu langweilen. Mein Vater zupft am gesteiften Kragen, und Edvin wird von seinen Hustenanfällen geplagt. Der Arzt hat gesagt, er müsse die Arbeit wechseln, aber das ist natürlich undenkbar, nachdem er eine vierjährige Lehre durchlaufen hat, um Malergeselle zu werden. Meine Mutter trägt ein neues, schwarzes Seidenkleid mit drei Stoffrosen im Ausschnitt, und ihre frische Dauerwelle bauscht sich um ihren Kopf. Sie musste hart dafür kämpfen, denn zum einen meinte mein Vater, wir könnten es uns nicht leisten, zum anderen fand er die Frisur neumodisch und gewagt. Mir gefiel ihr Haar viel besser, als es noch lang und glatt war. Ab und zu führt sie ein Taschentuch zu den Augen, aber ich bin mir nicht sicher, ob sie wirklich weint. Ich wüsste keinen Grund dafür. Ich muss daran denken, dass es einmal die wichtigste Frage auf der Welt für mich war, ob meine Mutter mich mochte, aber das Kind, das diese Liebe so heftig begehrte und immer nach Zeichen dafür ausspähte, existiert nicht mehr. Inzwischen glaube ich, dass meine Mutter mich gernhat, aber es macht mich nicht glücklich.

Zum Essen gibt es Schweinebraten und Zitronencreme, und meine Mutter, die bei jeder häuslichen Anstrengung gereizt und wütend wird, kommt erst beim Dessert zur Ruhe. Onkel Carl wurde neben dem Kachelofen platziert und schwitzt so sehr, dass er sich seinen kahlen, kugelrunden Kopf ständig mit dem Taschentuch abtupfen muss. Am anderen Ende des Tisches sitzt Onkel Peter, der Schreiner ist und gemeinsam mit Tante Agnete, die in jungen Jahren im Kirchenchor sang, den kultivierten Zweig der Familie repräsentiert. Sie hat ein Lied für mich geschrieben, weil sie eine »kreative Ader« besitzt, die bei all diesen Anlässen sprudelt. Es handelt von verschiedenen belanglosen Ereignissen in meiner Kindheit, und jeder Vers endet mit: »Möge Gott dich auf deinem Weg begleiten, Fallera, dann hast du Glück zu allen Zeiten, Fallera.« Als wir den Refrain singen, blickt Edvin mit Schalk in den Augen zu mir hinüber, und ich starre schnell auf den Text des Liedes, damit ich nicht lachen muss. Dann schlägt Onkel Peter mit dem Löffel gegen sein Glas und erhebt sich. Er möchte eine Rede halten. Sie erinnert an die im Odd Fellow-Palais, und ich höre nur mit halbem Ohr hin. Irgendwie geht es darum, in die Reihen der Erwachsenen zu treten und genauso fleißig und tüchtig zu sein wie die eigenen Eltern. Die Rede ist ein bisschen zu lang. Onkel Carl ruft ständig »Hört, hört!«, als hätte er zu viel Wein getrunken, und Edvin hustet. Meine Mutter hat feuchte Augen, und ich winde mich vor Scham und Langeweile. Als er fertig ist und alle »Hurra!« gerufen haben, umfängt mich Tante Rosalia mit ihrem warmen Blick und sagt: »Du liebes bisschen, die Reihen der Erwachsenen. Sie ist doch weder Fisch noch Fleisch.« Ich merke, wie meine Mundwinkel zittern, und sehe hastig auf meinen Teller hinab. Das ist das Liebevollste und vielleicht auch Wahrste, was auf meiner Konfirmation gesagt wurde. Nach dem Essen können wir uns endlich die Füße vertreten, und alle wirken munterer als vorher, was vielleicht auch am Wein liegt. Sie bewundern die kleine Armbanduhr, die mir meine Eltern geschenkt haben. Ich bin auch beglückt und finde, sie macht ein wenig mehr aus meinem dünnen Handgelenk. Von den anderen habe ich Geld bekommen, über fünfzig Kronen, die ich allerdings fürs Alter sparen soll, weshalb sich die Freude darüber in Grenzen hält.

Nachdem die Gäste gegangen sind und ich meiner Mutter beim Aufräumen geholfen habe, sitzen wir noch eine Weile am Tisch und plaudern. Obwohl es nach Mitternacht ist, bin ich hellwach und sehr erleichtert darüber, dass mein Fest vorbei ist. »Mein Gott, was der geschlungen hat!«, sagt meine Mutter und meint Onkel Peter. »Hast du das gesehen?« »Ja«, sagt mein Vater verärgert, »und getrunken. Sobald etwas umsonst ist, haut er ordentlich rein.« »Und Onkel Carl hat er wie Luft behandelt«, fährt meine Mutter fort, »das tat mir für Tante Rosalia leid.« Plötzlich lächelt sie mich an und sagt: »War das nicht ein schöner Tag, Tove?« »Ja«, lüge ich, »es war eine schöne Konfirmation.« Meine Mutter nickt beifallend und gähnt. Dann kommt ihr eine Idee. »Ditlev«, sagt sie frohlockend, »wenn Tove jetzt ihr eigenes Geld verdient, können wir uns doch ein Radio leisten?« Mir steigt vor Schreck und Wut das Blut in den Kopf. »Von meinem Geld soll kein Radio gekauft werden«, sage ich hitzig. »Das kann ich gut selbst gebrauchen.« »Ach, ist das so«, sagt meine Mutter eiskalt, steht auf und stampft zur Tür hinaus, die sie so heftig hinter sich zuschlägt, dass der Putz von der Wand rieselt. Mein Vater sieht mich verlegen an. »Das darfst du nicht so wörtlich nehmen«, erklärt er. »Wir haben noch ein bisschen Erspartes auf der Bank, davon können wir uns durchaus auch ein Radio leisten. Du brauchst uns nur einen Beitrag für Kost und Logis zu zahlen.« »Ja«, sage ich und bereue meine Unbeherrschtheit. Jetzt wird meine Mutter viele Tage nicht mehr mit mir sprechen, das weiß ich. Mein Vater wünscht mir freundlich eine gute Nacht und geht ins Schlafzimmer, auf dessen Fensterbank ich nie wieder sitzen und von all dem Glück träumen werde, das nur für erwachsene Menschen erreichbar ist.

Ich bin allein im Wohnzimmer meiner Kindheit, wo mein Bruder einst saß und Nägel in ein Brett hämmerte, während meine Mutter sang und mein Vater in dem verbotenen Buch las, das ich seit vielen Jahren nicht mehr gesehen habe. Es ist eine Ewigkeit her, und ich finde, trotz meines qualvollen Gefühls von der Unendlichkeit meiner Kindheit war ich damals sehr glücklich. An der Wand hängt die Seemannsbraut und starrt auf die See. Staunings ernstes Gesicht blickt auf mich hinab, und mein Gott sieht schon lange nicht mehr so aus wie er. Obwohl ich weiterhin zu Hause schlafen werde, habe ich das Gefühl, dass ich mich in dieser Nacht von dem Zimmer verabschiede. Ich habe keine Lust, ins Bett zu gehen, und fühle mich auch nicht müde. Ich bin von einer grenzenlosen Traurigkeit ergriffen. Ich räume die Geranien auf der Fensterbank beiseite und sehe in den Himmel hinauf, wo ein kleiner Stern in der Wiege des Neumonds leuchtet, die sanft zwischen den vorbeiziehenden Wolken schaukelt. Dann sage ich einige Zeilen aus Johannes V. Jensens Roman *Der Gletscher* auf, den ich so oft gelesen habe, dass ich lange Passagen daraus auswendig kann: »Und bald als Morgen- und wieder als Abendstern erglänzt das kleine Mädchen, das getötet ward an seiner Mutter Brust – weiß und verschleiert wie eine Kindesseele, die einsam, stumm mit sich selber spielend, auf unendlichen Wegen geht.« Mir laufen die Tränen die Wange hinunter, denn bei diesen Worten muss ich jedes Mal an Ruth denken, die ich für immer verloren habe. Ruth mit dem feinen, herzförmigen Mund und den starken, klaren Augen. Meine verlorene Freundin mit der frechen Schnauze und dem großen Herz. Vorbei ist unsere Freundschaft, genau wie die Kindheit. Jetzt fallen die letzten Reste von mir ab wie Schuppen von sonnenverbrannter

Haut, und darunter kommt eine falsche, unmögliche Erwachsene zum Vorschein. Ich lese in meinem Poesiealbum, während die Nacht an meinem Fenster vorbeiwandert, und ohne, dass ich es weiß, sinkt meine Kindheit leise auf den Grund der Erinnerungen, dieser Seelenbibliothek, aus der ich bis an mein Lebensende Wissen und Erfahrungen schöpfen werde.

SCHREIBEN HEISST, SICH SELBST AUSZULIEFERN

Nachwort der Übersetzerin

Als *Kindheit* in Dänemark erschien, hatte Tove Ditlevsen in Dänemark längst jene Berühmtheit als Dichterin erlangt, von der sie schon als kleines Mädchen träumte. Immer wieder schöpfte sie aus der »Seelenbibliothek« ihrer Erinnerungen, schrieb Romane, Kinderbücher, Erzählungen, Gedichtbände und Essays; oft ein Buch pro Jahr oder mehr. Während die kindliche Dichterin noch »voller Lügen« steckte, wie es ihr Bruder Edvin ausdrückte, machte sie als Erwachsene mehr oder weniger unverhohlen Gebrauch von der eigenen Biographie. »Schreiben heißt, sich selbst auszuliefern«, sagte sie einmal, »sonst ist es keine Kunst. Man kann das verschleiern, aber letzten Endes schreibt man doch immer über sich selbst.«

Wie sehr sich Leben und Schreiben bei Tove Ditlevsen gegenseitig bedingten, zeigt die Kopenhagen-Trilogie exemplarisch. Die ersten beiden Bände, *Kindheit* und *Jugend*, entstanden im Jahr 1967. Kurz zuvor hatte Tove Ditlevsen nach einer jahrelangen Ehe- und Schaffenskrise einen Tiefpunkt in ihrem Leben erreicht. Ihr Psychiater riet ihr eindringlich zu einem Klinikaufenthalt, damit sie nicht am Alkohol zu Grunde ging. Sie willigte ein – unter der Bedingung, ihre Schreibmaschine mitzunehmen. Und während sich der Arzt noch wunderte, wie sie mit ihren zitternden Fingern überhaupt die Tasten treffen wollte, schrieb sie bereits die ersten Sätze von *Kindheit.* Auch in *Abhängigkeit*, dem dritten Band, in dem sie offen von ihrer Ehe und ihrer Medikamentensucht erzählt, zeigt sich, dass das Schreiben mehr als einmal lebensrettende Bedeutung für Tove Ditlevsen hatte. Die Schreibmaschine, die hin und wieder am Rande ihres betäubten Bewusstseins aufflackert, erinnert sie an ein glücklicheres Leben. Sie findet einen Ausweg – »nicht allein meiner Kinder wegen, sondern auch der Bücher wegen, die ich noch nicht geschrieben hatte.«

Schon in *Kindheit* bieten die geheimnisvollen Sätze, die erst im Kopf der jungen Tove lebendig und später von ihr zu Papier gebracht werden, einen Schutz vor der oft rauen Wirklichkeit. Das Bedürfnis nach dem viel zitierten »Zimmer für sich allein« hilft ihr bei der Abnabelung vom Elternhaus. Auch später musste sie immer wieder hart dafür kämpfen. Nachdem sie die Mutter halbwegs auf Abstand gebracht hatte, zerrten Männer, Kinder und Süchte an ihrer persönlichen Freiheit, und mehr als einmal wurde ausgerechnet die Psychiatrie für sie zu einem Zufluchtsort, an dem sie schreiben konnte.

Als Arbeiterkind, noch dazu als Mädchen, wurde Tove Ditlevsen 1917 in eine Welt geboren, die äußerst ungünstige Voraussetzungen für ihren Lebenstraum bot. Und auch für eine erwachsene Autorin, die mit großer Radikalität und Offenheit über weibliche Sujets schrieb, war die Zeit nur bedingt reif. Während sie als junge Dichterin nicht nur von den LeserInnen, sondern auch von der Kritik und den KollegInnen gefeiert wurde, geriet Tove Ditlevsen später zwischen die Mühlen literarischer Debatten. Als sie nach fünf Jahren der Medikamentenabhängigkeit und Schaffenspause, wie in *Abhängigkeit* geschildert, aus der Suchtklinik entlassen wurde, kam sie in eine veränderte literarische Welt. Der Modernismus hatte sie eingeholt, und seine überwiegend männlichen Vertreter hielten ihre Gedichte für altmodisch, ihre autobiographische Subjektivität für narzisstisch und ihre – allzu weiblichen – Themen für banal. Gelesen wurde sie allerdings immer, ihre Bücher verkauften sich gut, und im Widerspruch zu allem, was ihr die Mutter schon früh mit auf den Weg geben wollte, war es oft Tove, die sich und manchmal auch ihre Ehemänner versorgte, nicht umgekehrt.

Vor dem Hintergrund ihrer Zeit und Herkunft erscheint die Kompromisslosigkeit, mit der Tove Ditlevsen von klein auf ihren eigenen Weg verfolgte, umso beeindruckender. Sie hielt entschieden daran fest, über sich, ihr Leben und die Menschen darin zu schreiben. »Wenn ich schreibe, nehme ich auf niemanden Rücksicht«, sagt Tove in *Abhängigkeit* zu ihrer Freundin, und an dieser Haltung konnten auch öffentliche Debatten und Proteste, beispielsweise von den Familien der beschriebenen (Ex-)Männer, nichts ändern. »Wenn ich nicht über und für Menschen schreibe, über und für wen soll ich dann schreiben?«, lautete Tove Ditlevsens lakonischer Kommentar.

Heute wird sie zwar in den Schulen gelesen, fehlt aber nach wie vor im Literaturkanon des dänischen Unterrichtsministeriums und hat auch nie eine literarische Auszeichnung der dänischen Akademie erhalten. Ihre LeserInnen wussten und wissen sie umso mehr zu schätzen. Als sie sich im Alter von 58 Jahren das Leben nahm, begleiteten tausende Menschen, überwiegend Frauen, ihren Sarg durch die Kopenhagener Innenstadt. Die Tageszeitung *Politiken* bezeichnete diesen Trauerzug am nächsten Tag als »Liebeserklärung« an die Autorin: »Es waren ihre Leserinnen. Sie kannten ihre Sorgen, ihren

Schmerz, ihr Leben. Denn es waren – in vielen Fällen – auch ihre eigenen Sorgen und ihr Schmerz, die Tove Ditlevsen beschrieb. Ihre Frauenleben.«

Tove Ditlevsens Bücher haben Generationen von Frauen, Müttern und Töchtern geprägt. In den letzten Jahren erleben sie in Dänemark und international eine Renaissance, nachdem sie zunächst von jungen Autorinnen und Lyrikerinnen entdeckt und wiederentdeckt, zitiert, teils auch neu herausgegeben und kommentiert wurden. Für die deutschen LeserInnen sind diese drei Erinnerungsbücher jetzt zum ersten Mal vollständig zugänglich (*Kindheit* und *Jugend* wurden erstmalig übersetzt, *Abhängigkeit* liegt in einer Neuübersetzung vor). Weltweit erscheint die Kopenhagen-Trilogie derzeit in sechzehn Ländern.

Das wiedererwachte Interesse an Tove Ditlevsen Werk verwundert nicht, denn es scheint aktuell wie nie. Aufgrund der Radikalität ihres autofiktionalen Schreibens kann sie als Vorläuferin und Wegbereiterin von Autorinnen wie Annie Ernaux und Rachel Cusk gelten. Dass die Kopenhagen-Trilogie so frisch und modern wirkt, liegt aber auch an der sensiblen und zugleich unsentimentalen, lakonischen, oft humorvollen Art, mit der Tove Ditlevsen selbst über die größten menschlichen Abgründe schreiben kann. Dabei verzichtet sie bewusst darauf, einen reflektierenden, kommentierenden Abstand einzunehmen. Sie schreibt sich ganz nah an die Erinnerung heran, was zu einem Eindruck größter Unmittelbarkeit und Gegenwärtigkeit führt – damals wie heute. Die Leidenschaft, mit der sie ihr Leben lebte und über es schrieb, bleibt jenseits aller literarischen Trends und Strömungen faszinierend und zeitlos.

Ursel Allenstein, Hamburg, im Oktober 2020

Tove Ditlevsen
Jugend
Teil 2 der Kopenhagen-Trilogie
Aus dem Dänischen von Ursel Allenstein
154 Seiten. Broschur
ISBN 978-3-7466-3993-2
Auch als E-Book lieferbar

Jugend

»Ein Mädchen kann nicht Dichterin« werden, hatte der Vater zu ihr gesagt. In »Jugend« zeichnet Tove Ditlevsen das Porträt einer jungen Frau im Kopenhagen der 1930er, die ihren Weg geht. Mit 14 Jahren verlässt Tove die Schule, beginnt eine Reihe von kleinen Jobs anzunehmen, arbeitet als Dienstmädchen und Bürogehilfin. Mit 17 zieht sie bei den Eltern aus, geht tanzen und die Möglichkeit, ein eigenes Buch zu veröffentlichen, rückt in greifbare Nähe. Das Porträt einer jungen Frau, die furchtlos und entschieden ins Leben zieht.

»Eine Stimme, deren Kraft wie Dynamit ist.«
The Times Literary Supplement

Regelmäßige Informationen erhalten Sie über unseren Newsletter.
Jetzt anmelden unter: www.aufbau-verlage.de/newsletter

atb aufbau taschenbuch